文春文庫

夜に星を放つ

窪 美澄

文藝春秋

目次

イラスト・松倉香子

夜に星を放つ

真夜中のアボカド

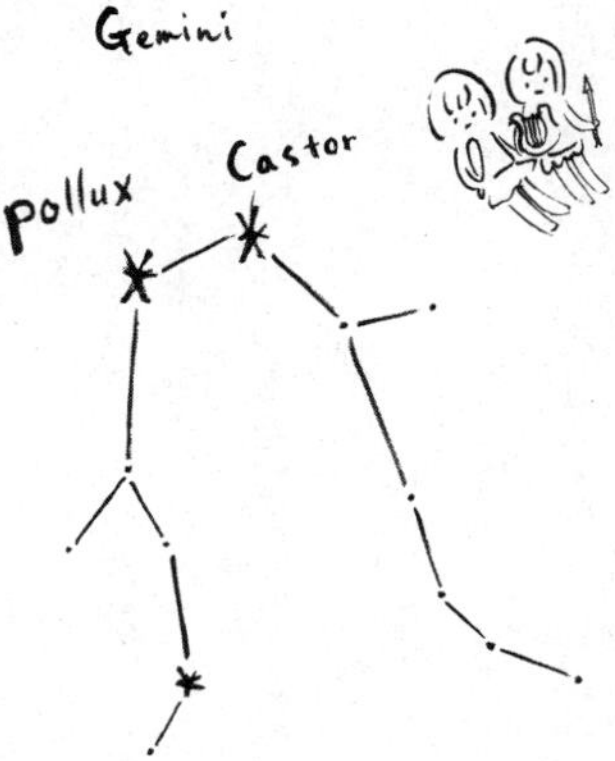

アボカドの種から芽が出るかな。

ふとそんなことを思ったのも、去年の春のあのコロナの自粛期間のせいかもしれなかった。あの頃、会社は早々にリモートワークになって、ステイホーム、不要不急の外出は控えて、と言われ、パソコンの画面越しに会社の人たちとしか会わない日々が続いた。

満員電車の通勤がないって最高！　って思ったのは最初の一週間ほどで、日が経つにつれ、なんとなくこれは幽閉されているのでは、と思う頃には桜は咲いて散って、そんなことすら気にもかけないまま、部屋のなかでただ仕事をし、私はぐつぐつと暮らしていた。それでもやっぱりコロナは怖いから、スーパーマーケットやコンビニエンスストアに行くくらいが唯一のお出かけ兼息抜きだった。

いくらリモートワークとはいえ、会社に行かないと、やっぱり調子は狂った。いかにランチの無駄話や会社帰りに同僚とちょっと呑むなんてことが、私の生活の息抜き兼ガス抜きになっていたかを思い知らされたのだった。コロナ鬱とまではいかないまでも体も心もすぐれない。心のほうはちょっと弱ってもいた。そんなとき、朝食で食べたアボカドの種をゴミ箱に捨てようとして、ふと思った。これ、植えたら育つんじゃないの!?って。

早速スマホで、アボカドの種の発芽方法を調べた。土に植える方法もあったけれど、それは面倒だと思って、迷わず水耕栽培を選んだ。アボカドの種を支えるために、種の横に爪楊枝を数本差して、それを、水を張ったグラスに浸けるだけでいい。水は毎日取り替えて、日の当たる場所に置くこと。それなら私にもできる。そうは言っても、私は観葉植物を枯らす名人だ。芽が出ないことも多い、という記事も読んだ。それでもまあ、よかった。

仕事をしているデスクの目に入るところに私はアボカドの種の入ったグラスを置いた。なんとなくアボカドに監視されているみたいだな、と思いながら。けれど、その頃の私にはそういうものが必要だったのだ。目に見えて育っていくかもしれない命の元みたいな存在が。水を替え続けても、アボカドの種にはまったく変化はなかったけれど、明日は何か変化が起こるかもしれない。そう思って私はこまめに水を替えた。

仕事の合間、仕事が終わったとき（ときには仕事中も）、私はＬＩＮＥやメッセージに何か来ていないか確認した。同僚たちとのＬＩＮＥグループ。「リモートだるくね？」というメッセージに「ですよねー」などと返信しながら、麻生《あそう》さんからのメッセージがないか、私は日に何度も確認した。

婚活アプリで恋人を探し始めて半年。この人いいかも、と、去年の冬にやっとマッチングして、やりとりを始めて、コロナの自粛期間に入る前に二度ほど食事をした人だった。私より二歳上、三十四歳の麻生さん。フリーでプログラマーをしている麻生さん。実際に会ったときには、プロフィール写真と随分顔が違うなー、とは思ったけれど、それは私も同じかもしれないし、食事の仕方も綺麗だったし、服装も決しておしゃれではないが、こざっぱりしているし、妙に女慣れしていない感じもとてもよかった。身長も誤魔化していないみたいだったし、眼鏡もよく似合っていた。ほかの人みたいに、食事のあと、すぐにホテルに行こうとも言わなかったし。

麻生さんとならうまくいくかもしれない、と思っていたのに、そのまま自粛期間に入ってしまった。しばらくはＬＩＮＥでやりとりをしていたけれど、会話の途中でも「ごめん！　今、急ぎの仕事が入ってしまって。また僕から連絡します」というメッセージが続くようになった。私は会社員だから、フリーで仕事をしている人の忙しさ、というのが今ひとつよくわからない。「連絡待ってますね」と正解のわからない返信をして、それ以降、やりとりが途切れがちになった。こりゃもうだめかな、と思ったくらいの時期に自粛期間が明けて、会社にも以前のように通うようになって。それで私と麻生さんはまた外で会うようになったのだった。マスクをつけたまま。

「自粛期間は何してたの?」と私が聞くと、

「もう、ずーっと仕事、仕事、仕事だけだよ」

と麻生さんは言ったけれど、もしかしたら、アプリで出会ったほかの人に会っていたのかもしれないなあ、とも思った。アプリで出会ったほかの人もそういう人が多かったし、かつての私だってそうだった。けれど、麻生さんと出会ってから、私はほかの誰とも会っていなかった。この人とは長く続けたい、そう思ったからだ。眼鏡を外して目頭を揉む麻生さんの疲れた姿にちょっとぐっとくるものはあったけれど、あんまり麻生さんのことが好きになってしまうと、だめになったときにつらくなるぞ、と私は自分に言い聞かせたのだった。麻生さんはどれくらい私のことに興味があって、私のことを好きでいてくれるんだろう。それがわかればいいのにな。そんなことを思っている間にも、アボカドの種は相変わらずグラスの水に浸かったままで、なんの異変もなかった。私は意地になって水を替え続けた。

それでも、一月に、二、三度、私と麻生さんは会うようになって、梅雨が終わる頃、私は初めて麻生さんの家に行った。東京西部の郊外にある麻生さんのマンションは、家で仕事をしているせいか、広めの2DKで、仕事部屋は散らかっているから、と見せてはもらえなかったけれど、家具も照明も無印やニトリとかじゃなくて、ちょっと高めの北欧風で、フリーのプログラマーって儲かるんだな、と下世話なことを思ったりもした。家に誘うということは、家に行くということは、そういうこと（つまり肉体関係を持ってもいいということ）だと思っていたけれど、麻生さんは丁寧にコーヒーを淹れてくれたくらいで、ソファの隣に座ったまま何もしてこない。いや、正確に言うと、キスはした。ただし、マスク越しに。マスク越しでキスをした、と言ってもいいのかどうか。片付いた洗面所で手は洗わせてもらったし、うがいもさせてもらったけれど、なぜだかマスクを外すタイミングを逃してしまったのだ。麻生さんもそうだった。

「僕は綾《あや》ちゃんのことが好きです」

キスをする前、麻生さんはマスク越しにこもった声で言った。

「私も麻生さんのことが好きです」

そう言って私は麻生さんの手を握った。握った瞬間、麻生さんが体をかたくしたのがわかって、あっ、まずった、と思ったと同時に、この人は本当に女の人に慣れていないと改めて思った。それでも、三十二歳の私は、麻生さんとできるだけ長くおつきあいができて、ほんの少しその先に、結婚というものが見えたらいい、そう思っていた。

死ぬほど暑い夏が始まる頃、アボカドの底が割れ、白い根のようなものが見えてきた。

うれしかった。成長している。私の知らぬ間に。なんだか、それがとってもいいことが起こる前触れのように思えた。アボカドに麻生さんとのつきあいはうまくいくかもしれない、と言われているような気持ちになった。

夏休みには麻生さんと泊まりがけで海に行った。

「なんでもいいから、息抜きがしたいよー」とＬＩＮＥで送った私に、

「そういうときは海でしょ」と返事をくれた。

真夏の海辺、炎天下でマスクをつけているのは本当にしんどかった。呼吸も浅く、荒くなるし、マスクの下のせっかくのメイクもどろどろだ。それでも、夏の海辺は賑わっていた。コロナが流行《はや》っていたって、人間は夏になれば海に行きたくなるものなのだ。私は海岸通り沿いのパンケーキ屋さんでパンケーキを食べて、波打ち際で波と戯れた。私は自然に麻生さんの腕をとった。もう麻生さんはびくっとしたりしなかった。コロナでもなんでも夏は夏だったし、海は海だった。地球の上に生きている人間の生活が変わっただけ。

ほんの少し距離をとりながら、私と麻生さんは海岸に座り、夕陽を見た。

「いつまで続くんだろう、このマスク生活」

私が思わず口にした言葉に、

「多分、ずっと。この先も続くよ。自粛生活だって、いつまた始まるかわからないし」

と麻生さんが言葉を返した。

「嫌だなあ……」

心からの本音だった。なんて時代に生まれてきてしまったのか、その不運を呪った。もし、麻生さんとだめになったとして、その後、コロナの時代にどうやって私は恋をすればいいんだろ。マスクをしながら？　ソーシャルディスタンスを保ちながら？　恋はできるのだろうか。巨大なオレンジ色のキャンディみたいな夕陽はどんどん水平線に消えていく。あたりも心なしか暗くなってきた。黙ってしまった私に麻生さんが言った。

「これ、やろうよ。持ってきたんだ」

そう言ってリュックの中に手を入れて、線香花火の束を取り出した。ライターも麻生さんが用意してくれていた。花火を束ねた紙を丁寧にほぐして、一本を私に渡してくれる。麻生さんが火をつけてくれた。パチパチと弾ける火花を見ていたら、子どもの頃のことを思い出した。縁側、西瓜割り、浴衣、花火……。そして、いつも隣にいた弓《ゆみ》ちゃん。花火をぐるぐる回して火花の丸を作っていた弓ちゃん。

「私、双子なの」

思わず私は口にしていた。

「え、そうなの。知らなかった」

麻生さんは花火を手にしたまま驚いた顔で私を見た。

「うん。一卵性双生児《いちらんせいそうせいじ》。私がお姉ちゃん。本当に顔も体つきも似ていてね。妹がここにいたら、多分、麻生さん、私と見分けることはできないと思うよ。だけど、二年前に突然亡くなったの」

最後の言葉は本当になんでもないことなんです、という感じで流すように言った。

「……そうだったのか」

「こういう話、ほかの人には重いよね。ごめんね」

「なんで、あやまるの。話してくれてありがとう」

それから、麻生さんは何かを言おうとして、ふいに口ごもった。本当のことを言えば、麻生さんの秘密もひとつ知りたかった。でも、麻生さんは何かを言う代わりに私の手をぎゅっと握ってくれた。それだけでうれしかった。アプリで出会ってつきあった人で、弓ちゃんの話をしたのは初めてのことだった。私にとって誰より大事な弓ちゃんのことは麻生さんには知っておいてほしかった。

その夜、私たちはひんやりしたシーツに裸でくるまって抱き合った。やっぱり麻生さんはベッドのなかでもおどおどしていたけれど、やっぱりそういうところが好きだな、と思った。私の体に触れる指は震えていて、「まさか、初めてじゃないよね!?」と思ったけれど、そんなこと聞くこともできない。でも、その最中に眉間《みけん》に寄る皺《しわ》とか、顎のラインとか、麻生さんは色っぽい人だなあ、と改めて思ったし、やっぱり私は麻生さんのことが好きだなあ、と思った。

真夜中、麻生さんが隣にいることが慣れなくてよく眠れなかった。私は眠ることを一度あきらめて、テラスに出た。ずっと向こうにある海は暗くてよく見えなかったけれど、海鳴りみたいな低い音がずっと私の鼓膜を震わせ続けていた。空には星がビーズみたいに散らばっていて、特別明るい星もあるけれど、私は星のことにくわしくはないから、どこにどんな星があるのか、どんな星座があるのかもわからない。気がつくと、麻生さんが横に立っている。麻生さんもきっと、私が隣にいてはよく眠れないのだろうという気がした。

「双子座は見えるかなあ」

私が夜空を見上げながら言うと、

「双子座は冬に見える星座なんだよ。今、いちばん光っているのがベガ、斜め下にあるのがデネブ、その下がアルタイル。三つつなぐと夏の大三角……」

「えっ、なんでそんなに詳しいの⁉」

「だって高校時代、天文部だったもの」

「へえ、麻生さんらしいね」

「どういう意味⁉」

と麻生さんが言って二人で笑った。

「カストルとポルックス」

「なあに、それ？」

「冬になると見える双子座の星の名前だよ。二つ並んで光ってるんだ」

「……弓ちゃんて言うの、亡くなった妹の名前」

「じゃあ、そのふたつの星は弓ちゃんと綾ちゃんだ。冬になって双子座を見つけたら教えてあげる」

麻生さんが真夏に冬の約束をしてくれたことがうれしかった。

「あのさ……」

麻生さんが何かを言いかける。

「なに？」

私は麻生さんの顔を見た。暗闇のなかで麻生さんの顔はどこかしら緊張しているように見えた。

「うん……やっぱりまだいいんだ」

「なんでも話してくれたらうれしいな。私も重い話を聞かせちゃったし」

「うん、いつか必ず話す」

「いつか絶対ね」

そうして、私たちは口づけをした。麻生さんの秘密ってなんだろうな、と思わないわけがなかったけれど、嫌な予感はまだ胸のうちに押し込めておきたかった。だって今、私たちはうまくいってる。この先だってうまくやれるはず。双子座を教えてあげる、と麻生さんが言った冬が来るまでは。私は自分に言い聞かせるようにして、麻生さんの腕のなかにくるまれ、麻生さんの心臓の音を聞いた。

それから、夏が過ぎて、秋になって、冬が来ても私と麻生さんは恋人としてのつきあいを続けた。麻生さんは秘密を話してはくれなかったけれど、話をしたくないのなら、ずっと黙っておいてほしい、とも思った。

コロナの感染者はどんどん増え続けて、気がつくと二〇二〇年が終わろうとしていた。「コロナが心配だから帰って来なくていいからね」と島根の両親に言われてしまい、年末年始は東京で過ごすことになった。麻生さんは実家が東京にあるから、お正月はそこで過ごすと言う。だから、私たちはクリスマスを麻生さんの家で、大晦日を私の家で過ごした。私たちの交際はおおむね順調で凪の状態が続いているといってもよかった。麻生さんは穏やかな人だから、喧嘩になることもなかった。私は妙な感慨にふけってもいた。コロナが流行っても、人は恋したり、体を交わしたりするんだな、って。そして、麻生さんといて幸せだなあ、と思うたび、弓ちゃんのことを思い出したりもした。年明け七日の弓ちゃんの命日が近づいているせいかもしれなかった。大晦日の夜、麻生さんは紅白が始まる頃に帰って行った。

「また来年ね」

玄関でスニーカーを履きながら麻生さんが言う。来年はもう明日なのに、と思ったけれど、来年も私と会おうと思ってくれているんだな、と考えたら、素直にうれしかった。

「うん。また、来年もよろしくお願いします」

玄関先で頭を下げると、麻生さんが笑った。

翌日の元旦は、島根の両親に電話をし、麻生さんにＬＩＮＥを送った。なかなか既読にならなかったけれど、まあ、実家でのびのびと過ごしているんでしょう、と思うことにした。

寝室のチェストの上にある弓ちゃんの小さな写真立ての横には、年末に買った白い百合が飾られている。昨日、麻生さんがいたときには気づかなかったのに、一人で締め切った部屋にいると、百合の生々しい香りが鼻につく。その香りはどうしたって弓ちゃんのお葬式を思い出してしまう。

弓ちゃんは脳内出血で死んだ。一月七日、正月明けの職場で倒れて、それきりだった。その年の夏まで生きれば三十歳だった。もうあれから三年が経ったけれど、弓ちゃんのこと、私はまだぜんぜん整理ができていない。多分、私の両親も。コロナで帰ってこなくていいよ、と言ったものの、本当のことを言えば、私を見れば弓ちゃんを思い出すからで、私が帰ってこなくてどこか両親はほっとしてもいるのだと思う。愛して育ててくれたし、両親に対してねじ曲がった思いもないけれど、やっぱり弓ちゃんが死んだことは、両親と私との間に目には見えないくらいのかすかな溝を作ってしまったのだと思う。

一卵性双生児の弓ちゃんがあんなに早く死んだこと。弓ちゃんがあんな亡くなり方をするんだったら、姉の私だってその可能性はなきにしもあらずで、そのことを考えると、泣きたくなるほど怖くなる。だから、できるだけ早く、結婚をして子どもを産みたかった。そうすれば長生きできるような気がした。だから、弓ちゃんが亡くなったあと、私は婚活アプリにはまった。

万一、今、コロナなんかにかかったら、私はすぐに死んでしまうかもしれない。でも、マスクをつけることと、手洗い、うがいをすること、人がたくさんいる所を避ける以上の予防策はなくて、それ以上、どうすればいいのかもわからない。弓ちゃんはコロナで世界が変わってしまったことも知らずに死んだ。仕事が死ぬほど辛いときには、弓ちゃん、いいときに死んだね、と思うこともあった。だけど、この世界から弓ちゃんがいなくなる以上の悲しみなんてこの世にあるのだろうか。

生まれたときからずっと一緒で、大学と職場は違ったけれど、上京してからも長いこと、弓ちゃんと私はずっと同じ町の同じ部屋に住んでいた。弓ちゃんは就職が決まってから、つきあっていた大学の同級生、村瀬《むらせ》君と同棲を始めて、私と暮らしていた部屋を出た。私も引っ越しはしたけど、弓ちゃんが亡くなってからも、同じ町に住み続けている。村瀬君もその部屋にまだ住んでいる。弓ちゃんが亡くなってからずっと、月命日にはいっしょに食事をしていたけれど、それもコロナで曖昧なままになってしまった。

村瀬君、どうしているかな……と思った瞬間にFaceTimeが着信を知らせた。私はずっと横になっていたソファから起き上がり、眼鏡をかけた。麻生さんかな、と思ったら村瀬君だった。画面に大写しになった村瀬君の頭のてっぺんには寝癖がはねていて、私も毛玉だらけの部屋着のままだったけれど、村瀬君ならいいだろう、と思った。

「寝てたでしょう？」

無表情で村瀬君が言う。いつものことだ。

「いや、うとうとしてただけ」

「元気だった？」

「まあまあ」

「婚活は？」

「ぼちぼち」

「最近は地雷みたいのにひっかかってない？」

「どうだろ……今の人がそうだったりして」

私がそう言うと村瀬君はふはははと大きな口を開けて笑った。私は笑わなかった。

一度、アプリで出会った人がストーカーのように会社や自宅で待ち伏せするようになって村瀬君に話したこともあったのだった。深夜に私の家にまで来たので、ドア越しだけど大きな声で「警察を呼びます」と言ったら、それきり何事もなくなったけれど。

「あけましておめでとう」

と私が言うと、少し間があって、

「……うん。おめでとう」

と村瀬君が言った。あと一週間もすれば弓ちゃんの命日が来るのだから、お正月というものが村瀬君にとってはとりわけめでたい、というものではないのだろう。私も最初はそうだった。だけど、段々に麻痺してきて、ほかの人にとってはめでたい正月を無視することもないだろう、と考えるようになった。自分を世間にすりあわせるようで抵抗はあったけれど。

一回、咳払いをして村瀬君が言った。

「今月の命日には、ごはんでも食べない？　まあ、コロナがこんな状況だから、小一時間くらい、ソーシャルディスタンスを守って」

「そうだね……まあ、短い時間なら、さくっとね」

「オッケー。じゃあ、いつもの店でいいか」

「うん、わかった」

そう言って私たちは時間を決め、正月休み明けに会うことになったのだった。

　その日、店に先に着いていたのは、村瀬君のほうで、いつの間にかできていたプラスチック製の仕切りのついたカウンターに座っていた。店に入ってきた私を見て、どこか遠く透明な目になる。ああ、私の顔を見て弓ちゃんのことを思い出しているんだろうなあ、と思いながら、私は脱いだコートをお店の人に渡し、村瀬君の隣に座った。村瀬君と会うのはほぼ一年ぶりだ。元々ころんと丸く太っていた村瀬君はますますその丸みに磨きがかかったような気がした。

「短い時間だから効率的に呑まなくっちゃ」

　と村瀬君は言って、ビールや、お酒の呑めない私のためのウーロン茶や、焼き鳥やおしんこをどんどん注文していく。

　その日は再び緊急事態宣言が出された日で、いつもは賑やかな店のなかは閑散としていて、私たち以外はテーブル席におじさんの二人組がいるだけだった。だから、お酒も料理もすぐに来た。

「じゃあ、まず弓に」

　そう言って村瀬君はビールのジョッキを掲げる。

「それから、コロナの時代を生きてる綾ちゃんと僕に乾杯」

　マスクをずらして、二人、それぞれのグラスに口をつけた。

　村瀬君は文房具メーカーの営業の仕事をしている。だけど、村瀬君とお互いの仕事の話なんかしたことはない。弓ちゃんが生きているときからそうで、弓ちゃんが亡くなってからは話題はいつも弓ちゃんのことだった。クリームパンみたいな手で村瀬君は箸を器用に握り、しゃくしゃくと音をたてておしんこを食べている。大学時代、弓ちゃんから紹介されたとき、弓ちゃんの好みは子どもの頃から変わらない、と思った。弓ちゃんと私は男の人の好みが正反対なのだ。弓ちゃんは昔から、どこかしら丸まっちい熊みたいな人が好きだったし、私は背が高くて痩せてる人が好きだった。二人とも面食いではない。だけど、やっぱりできれば性格のいい人が好きだった。熊みたいな村瀬君はいつだって弓ちゃんに優しかったし、私は弓ちゃんに優しくしている村瀬君が人間的に好きだった。私の恋愛はあんまり長く続いたことがなかったから、そんな村瀬君と長くつきあっている弓ちゃんのことが正直うらやましかった。

三十歳になったら結婚するんだ。それが亡くなる前の弓ちゃんの口癖だった。私だって弓ちゃんと村瀬君は結婚するものだと信じて疑わなかった。

ふと、私の右隣に座っている村瀬君の顔を見た。弓ちゃんが亡くなってから私も村瀬君も三年の日々を重ねている。でも、村瀬君はもっと年齢を重ねたおじさんみたいにも見えた。でも、もしかしたらそれは私も同じかもしれなくて、身近な人の死を経験すると、人は一気に老けるのかもな、と思ったら、やっぱりあっけなく死んだ弓ちゃんのことが小憎らしくもあった。私は尋ねた。

「村瀬君、もう恋しないの？」

「なによ急に」

「恋人とかいないの、今？」

村瀬君がビールを一口呑んで言った。

「いないよ、まったく、そういうの、ない」

「会社とかで気になる人もいないの？」

「うーん……」

「だって、もうよくない？　アプリでもなんでもやればいいじゃん」

「綾ちゃんみたいに攻めの姿勢になれないよ、なかなか」

そう言いながら、村瀬君が腕を組む。

「コロナも怖いしなあ……」

「そんなこと言ってたら恋もできないじゃん。気づいたらおじいさんになっちゃうよ」

「でも、なあ……」

困り顔の村瀬君をいじめている気持ちになったが、それでも私は言った。

「弓ちゃんのこと、まだ？」

私がそう言うと村瀬君は口を真一文字にして軽く俯いた。目の前で焼かれる焼き鳥の煙がけぶくて、お気に入りのニットににおいがしみつくなあ、と思いながら、私は村瀬君の言葉を待った。

「生まれて初めてできた彼女のことなんて、そんな、すぐには忘れられないよ。だって急に」死んじゃったし、とは村瀬君は言わなかったが、まあ、そういうことだろう。

私は話の矛先を変えて、仕事の愚痴や、婚活アプリの話や（麻生さんのことは話さなかった）、アボカドの種を植えた話をした。

「アボカド！　あれ、芽が出てくるとどんどん伸びて置き場に困るよ。弓も植えたことがあったんだよ、大学時代。僕の部屋でさ、突然これ植える！　って」

弓ちゃんがアボカドを植えていた話なんて初めて聞いたなあ、と思いながら私は言った。

「そんなところまで私は育てられないよ、多分。私の指は植物を育てる緑の小指じゃなくて、植物を枯らす茶色の小指だもの」

「弓と同じだ。あのアボカドもいつの間にか枯れちゃったもの」

村瀬君はそう言ってまた黙ってしまった。村瀬君に好意なんてまるでないけれど、私にとっては村瀬君は身内みたいなものだ。弓ちゃんと結婚していたら、義理の弟になっていたわけだし。だから、村瀬君には元気になってほしかった。元気でいて欲しかった。

「来月、また月命日に会わない？　これくらいの短い時間」

「そうしようか……ああ、そろそろ時間だ。お勘定お願いします」

財布を出しながら、店の大将に村瀬君が声をかける。きっちり一時間。私たちは会って話をした。だいたい半分の金額を村瀬君に渡すと、村瀬君が私の肩のあたりを見て口を開いた。

「綾ちゃん、髪、切らないの？」

「美容院に行くのもなんだか怖いじゃん。だから、伸ばしっぱなし」

「ふうん」と言いながら、村瀬君が私から不自然に視線を逸《そ》らす。

弓ちゃんに似ている、と思っているんだろうな、と思った。子どもの頃から、弓ちゃんは髪を長く伸ばしていて、私はずっとショートだった。そうしないと、顔の見分けがつかないからだ。コロナの騒動が始まりだしてから伸ばしたままの髪は肩を越えて、鎖骨のあたりまで伸びていた。近頃は私だって、洗面所で鏡を見るたび、弓ちゃんがなんでいるんだ、とぎょっとしていたのだ。そうして家にいるときは適当なゴムでくくっていた。でも、村瀬君に言われて、初めて、髪の毛、切ろうかな、と思った。今度の週末にでも、髪をばっさり切ろう。居酒屋の古ぼけた戸を開けながら、私は思った。麻生さんはどっちの私が好きなんだろう、とも思った。年明けから、ＬＩＮＥだけでやりとりする日々が続いていた。

「今、また仕事がすごく忙しくて」そう言われれば返す言葉もなかった。

「じゃあ、また、来月」

村瀬君の言葉に、

「うん、またね」

と私も言葉を返した。居酒屋の前で別れた。私はその場に立って、家に帰る村瀬君の背中を見ていた。足元がおぼつかない。大丈夫かなあ、と思いながらも家まで送る気もなかった。私もマフラーをぐるぐると首に巻いて、自分の部屋に一人、帰った。

そうして、翌月もまた、私と村瀬君は同じ居酒屋で、一時間だけ、という約束で会った。

デートとも、友人との飲み会とも違う、弔いの会だった。二回目の自粛生活でまたリモートワークになって、ぐつぐつ暮らしている私には村瀬君と会うことがいい息抜きになった。村瀬君となら、ほかの人には話せない（麻生さん含む）弓ちゃんのことはなんでも話せた。まるでまだ生きている人の噂話をするように。お酒を呑んで寝ると地響きみたいないびきをかくこと（私はお酒が呑めないし、いびきもかかない）。料理のセンスがあんまりないこと（これは私も弓ちゃんのことは言えない）。路地で猫の声がすると、舌を鳴らしてミャーコ、ミャーコと猫を呼ぶこと（これは私も同じ）。私と村瀬君以外の人にはどうでもいいことばかりだった。でも、それでよかった。

恋人がいきなり死ぬ、っていう経験を私はしたことがないからわからない。村瀬君も双子の片割れが死んだ私の気持ちは永遠にわからないだろう。それでも、大事な人を亡くした、ということはお互いに大きくて、大き過ぎて、その体験を共有している誰かがいることにほっとしていることも事実なのだった。つらい気持ちでいるのは自分だけじゃない。そう思えれば、私はこの先も暗い闇に落ちずに生きていけるような気がした。だけど、村瀬君に寄りかかる気持ちはまったくなかった。それに、弓ちゃんのことをこんなふうに心を開いて話すのは、月に一度、村瀬君に会うときだけにしよう、と心に決めた。なぜなら、弓ちゃんのことを麻生さんに話したことを私は少し後悔しているからだ。いくら、どんなに好きな人だからといって、自分の人生で起きた大事件を話してしまうことは、重い荷物の半分を持ってくれ、と言ったようなものだ。麻生さんだって、きっと面食らったに違いない。あの夏の海岸で、弓ちゃんのことをいきなり話した私に麻生さんはどこか引いてしまったし、面食らってしまったんじゃないか。だから、最近、LINEの返信も滞りがちなんじゃないかなあ……。

村瀬君と会った夜、自分の部屋で濡れた髪の毛を乾かしながら、いつか弓ちゃんが言ったことを思いだしていた。みんなが就職して一年目のゴールデンウィークのどこかの日だった。村瀬君と弓ちゃんの部屋でピザをとってみんなで呑んでいた（私はコーラ）。村瀬君はぜんぜん呑み足らないよ、と言って、コンビニに行って部屋にはいなかった。弓ちゃんもかなり酔っ払って顔を赤くしていた。五月だというのに、蒸し暑い日で、でもエアコンを入れるほどではなくて、掃きだし窓を開け放って、私と弓ちゃんはフローリングの冷たい床に並んで寝転がって、白いカーテンが夜風に揺れるのをただ黙って見ていた。

「村瀬君のこと、とらないでね」

ふいに弓ちゃんが言った。

「はあ⁉　とるって、あるわけない。なんでそんなこと言うの。タイプがぜんぜん違うし」

弓ちゃんは仰向けになって腕を頭の上に思いきり伸ばした。そうすると、痩せた弓ちゃんの体が薄くなって、まるでフローリングの床にめり込んだようになる。

「なわけない！」

そう言って私は足で弓ちゃんの腿のあたりを軽く蹴飛ばした。

「綾ちゃん、意外と優しいから」

「まさか」

なんで、弓ちゃんがあのときあんなことを言ったのか、未だによくわからない。だけど、そんなことを急に思い出したのは、私が弓ちゃんが死んだあとも村瀬君と会っているからかな、とふと思った。嫉妬心の強かった弓ちゃんのことだ。ありえない話ではない。でも、村瀬君とどうにかなるなんて本当にありえないんだけど。私は髪の毛を乾かしながら、スマホに目をやった。ＬＩＮＥのやりとりは続いているが、麻生さんからの返信はまるで間欠泉のよう。来たり来なかったり。最後のメッセージは一月の終わりで恒例の「今、仕事が忙しくてごめん！　落ち着いたら連絡します」で止まっていた。大晦日以来、麻生さんとは会えていなかった。もう、こんなことが続くなら、また、違う人にしたほうがいいのかな……。麻生さんのことは大好きなのに、寂しさゆえに私の心はぐらぐらと揺れた。アプリで別の人とやりとりを始めるのも面倒だった。それに、誰かとやりとりを始めてしまったら、それこそ、麻生さんとの今までの関係が一気に崩壊していくようで怖かった。

長い髪の毛はなかなか乾かない。鏡のなかに弓ちゃんが映っている。ああ、こんな顔で村瀬君に会うのはよくないなあ、と心から思って、私はその場でスマホから美容院の予約を入れたのだった。

「ばーっさりいっちゃってください」

と、いつもの美容師さんに言うと、

「え、ほんとに？　ほんとにいいんですか？」

とおそるおそる私の髪に鋏を入れてくれた。しゃくしゃくと鋏の音がして、髪の束が白いケープを滑り落ちていく。次第に顔や首が美容室の自然光にあらわになると、自分も着実に老いているんだなあ、と思わざるを得なかった。三十二歳という年齢が若いのか、そうじゃないのか、私にはわからない。だけど、結婚というものは一度してみたかった。ウエディングドレスが着たいとか、高い結婚指輪をしたいとか、そういう気持ちはない。お互い、好きが高じて、その人といっしょに暮らしてみたかった。その相手が麻生さんならばよい。でも、そうじゃなかったら……。

「わ！　なんか若返った！　いい感じ！」

オイルで髪の毛をセットしながら、美容師さんが声をあげる。お世辞なのかもしれなかったけれど、それでも嬉しかった。鏡の中の自分は弓ちゃんじゃなくて、綾ちゃんで、ようやく自分が戻って来たような気がした。真冬にショートにしたら、めちゃ寒いんだった、ということも私はとうに忘れていたけれど、この髪で麻生さんに会いたくて、麻生さんにこの髪を見てもらいたくて、麻生さんにＬＩＮＥした。既読にはなるが返事はない。お仕事まだ忙しいのかなあ。せつないなあ、と思いながら、私は美容院の帰りにショートケーキをひとつ買った。食べる前に弓ちゃんの写真の前にお供えした。ほんの五分だけ。それから、ゆっくり丁寧にコーヒーを淹れて、自分一人の部屋で自分のためのケーキを食べた。クリームは甘い。苺はすっぱい。まるで人生のよう。

ふと、アボカドの種の入ったグラスを見た。てっぺんから小さな緑色の芽が出ている。うわあ、と私は一人声をあげて、スマホでいろんな角度から写真を撮った。カーテンを開けたままの窓から夕陽がさして、その光がグラスを透過して、壁に七色の光を作っている。アボカドの写真を村瀬君と麻生さんに送った。村瀬君からはすぐに返事が来た。

「やったじゃん！」って。

麻生さんからは返信がない。既読にもならない。もういったいどうしたらええねん、と間違った関西弁でつぶやきながら、私はケーキの最後の一口を口に放り込んだのだった。

そんなある日、ショートカットにした私を麻生さんにも見せられないまま、ぐつぐつと過ごしていた週末の電車のなかでそれは起こった。

電車のどこからか、赤ちゃんの泣く声がする。私は正直なことを言うと、赤ちゃんの泣く声はあんまり得意じゃない。でも、それを顔に出すのも嫌だった。といってもマスクしているから、その下でしかめっ面していてもわからないんだけど。隣でつり革に摑まっているおじさんみたいに、うるさいな、なんだよ、という感じで赤ちゃんのほうを露骨に見るのはやめようと思った。だけど、赤ちゃんはなかなか泣きやまない。私も少しイライラしてきた。こんな満員電車、コロナとか怖くないのかな。いったん降りて泣きやませればいいのに、という気持ちがわき上がってきて、思わず、赤ちゃんのほうを見てしまった。

そこに、いたのだ。麻生さんが。麻生さんは大晦日に見た黒いダウンを着ていて、膝の上にやっぱり見覚えのある黒いリュックを載せていた。隣には泣きやまない赤ちゃんを抱っこした髪の長い女の人。遠くから見てもいい意味でお母さんっぽくない、綺麗で色っぽい人だった。女の人が赤ちゃんを抱っこして揺らすけれど、赤ちゃんの声は止まらない。心臓に針を刺されたみたいに痛かった。見なかったことにしておけばいい、と何度も思った。あれは麻生さんのお姉さんとその子ども、かもしれないし。でも、隣にいる麻生さんは、赤ちゃんのおもちゃを赤ちゃんの顔の前で揺らしてあやしてる。弟で、そこまでやるかな。じっと見ないように、と思いながら、私の顔は麻生さんから離れない。麻生さんと赤ちゃんを前抱っこした女の人が立ち上がった。地下鉄に乗り換える駅だ。その線に乗れば麻生さんの家にも行ける。わあああ、と思う間もなく、私は電車を飛び降りていた。

地下鉄の乗り換えに向かう地下通路のなか、私は見失わないように麻生さんと、赤ちゃんを前抱っこした女の人のあとを追った。そうして、どうなるわけでもないんだけど、追ってしまった。スマホを見ながら歩いている男の人にぶつかりそうになる。

「ごめんなさい！」

私は大声であやまった。それでもマスクの上の目が怒ったままなのがわかる。急がないと、二人（正確には三人）が地下鉄の駅の改札内に入ってしまう。自分が今、何をしたいのかわからなかったが、それでも二人の後を追った。改札の前で二人が立ち止まる。女の人がＰＡＳＭＯか何かを取り出すのに少し手間取っている。二人は今、改札の横に立っていた。そのとき、思わず大きな声が出た。

「麻生さん！」

麻生さんは気づかない。だから、もう少し近づいて大きな声で言った。

「麻生さん！」

マスクをつけた麻生さんが私に気づいた。表情はわからない。でも目がまん丸だ。隣の女の人も私に気づいたみたいだった。

「どういうことですか⁉」

それが本当は私が言いたかったことだけれど、こんな人がたくさんいるところで麻生さんをとっちめる気はなかった。私は麻生さんに、ではなく、女の人に言った。

「いつも麻生さんにお仕事でお世話になっているんです」

そう言いながら、女の人が抱っこしている赤ちゃんを見た。麻生さんに顔がそっくりじゃないか。青い毛糸の帽子をかぶっているこの子は多分、男の子。この女の人と麻生さんが姉弟だとしても、赤ちゃんは麻生さんに似るだろうけれど、それ以上の似方だった。それに、もしきょうだいだとしたら、麻生さんは「姉です」とか「妹です」とかすぐに言ったはずだ。何も言わない麻生さんの顔も、女の人の顔も見ずに、私は言った。

「今年もどうぞよろしくお願いいたします」

顔を上げると、赤ちゃんだけが私の顔を見ている。小さな拳を口に入れていて、口のまわりがよだれでべたべただ。

「とっても可愛いですね」

私がそう言うと、

「三カ月なんです」

と女の人が私が聞いてもいないのに、笑いながら言った。マスクで顔はよくわからないけれど、目だけ見ていてもわかる。この人はとっても綺麗な人だ。そう思いながら、私が麻生さんとやりとりし始めたのが、おととしの冬で、そうすると……と頭のなかが嫌な計算をし始めた。麻生さんは何も言わないし、私がこれ以上、この二人の前にいる意味がない。私はぺこりとお辞儀をして、その場をあとにした。

その帰り道、呑めない私がコンビニエンスストアでストロングゼロのロング缶を二缶買うくらいには私は衝撃を受けていた。手も洗わず、うがいもせず、コートも脱がず、マスクを少しずらしただけで、私は缶のプルタブを引っ張った。少し床にこぼれたが知るもんか。ぐいっと一口呑んだだけで、火のかたまりが胃のなかに降りていくよう。それでも何も食べずに私は呑んだ。その場にしゃがみこんで、麻生さんにＬＩＮＥした。

「どういうことですか？」

「奥さんいらっしゃったんですか？」

「お子さんもいらっしゃったんですか？」

「それを隠して私とつきあっていたんですか？」

今頃、麻生さんのスマホはＬＩＮＥの着信音がじゃんじゃん鳴っているか、震えているはずだけれど、一向に既読にはならなかった。私はスマホをソファに投げて、コートのまま床に寝転んだ。酔いが足から全身に回っていくようだった。おでこだけがやけに熱いけど、これは風邪じゃなくて、酔いのせい。

　ふとテーブルの上に目をやると、グラスの中のアボカドからは双葉のようなものが伸びている。いつの間に……。毎日水を替えていたが、最近はそれが二日に一回になり、三日に一回になり、この前水を替えたのはいつだっけ？　という状態になっていた。最初の頃にあったアボカドへの興味が、日に日に減ってはいたのだ。私が麻生さんから来ないＬＩＮＥを待っていたり、髪の毛をショートにしている間に、アボカドは素知らぬ顔で育っていた。なんだか、アボカドが憎らしかった。人の気も知らずに……。ふと、この芽を摘んでしまおうか、という残酷な思いがわき起こる。私は親指とひとさし指で双葉をつまんだ。指に力をいれる。何かの記事で植物にも感情がある、と読んだことがあるが、それが確かならば、今、アボカドはぎゃーっと絶叫していることだろう。そのときに思った。

　弓ちゃんみたいに早いうちに亡くなってしまう人のこと。いい人は早く亡くなるとか、弓ちゃんがあんまり可愛かったから神様に呼ばれたんだね、とか、お葬式のときにいろんな人がいろんなことを私に言った。励ますつもりで言ってくれているんだろうけれど、励ましなんかにならなかった。なに言ってんだよ、と思っただけだった、でも、空の上には寿命の神様がもしかしたらいて、こんなふうに弓ちゃんの命を引っこ抜いたのかな……。と思ったら、やっぱり双葉にそれ以上危害を加えることはできなかった。弓ちゃんもいないし、麻生さんともう駄目だろう。そう思ったら、涙がいくらでも湧いた。

缶の残りを時間をかけて呑んで、それでも一缶呑むのがやっとで、気がつくと私は村瀬君の家の前にいた。道路沿い、二階のキッチンの窓に灯りがついている。私は足元の小石を拾って窓に投げた。酔ってるからうまくいかず、二回、三回と投げているうちに、コツンと音がした。窓に影が近づき、村瀬君が顔を出す。暗闇のなかに私を見つけた村瀬君は、

「ああ……」

とため息のような息を吐き、玄関のほうを指さす。私は村瀬君のマンションの玄関のほうに千鳥足で向かった。エレベーターを降りると、廊下のいちばん奥にある部屋の前で村瀬君がドアを開けて待っていてくれた。

「びっくりした。弓と同じことするんだなあ。弓も酔っ払ってよくあの窓に石投げて」

村瀬君の最後の言葉も聞き終わらぬうちに私は叫んでいた。

「恋人だと思っていた人に奥さんと子どもがいたあああ」

「うわっ。酒くさっ。あ、それに髪の毛切ったの？」

今、そんなことどうでもいいじゃん、と思うようなことを村瀬君が言ったので、腹が立ち、私は玄関で靴を脱ぎ散らかして部屋に入った。弓ちゃんが亡くなったあと、二回くらい、村瀬君と弓ちゃんの暮らした部屋に行ったことがあったが、ここ最近、村瀬君の部屋に来たことはない。玄関には弓ちゃんが選んだ猫の絵柄のマットがあり、壁には弓ちゃんが好きだった作家さんの黒猫のタペストリーがかかったままだった。それを見たら、酔いがさっと引いた。

まるでこの部屋にはまだ弓ちゃんがいるみたい。洗面所を借りて手を洗い、うがいをした。ふと横を見ると、恐ろしいことに、そこには見覚えのある弓ちゃんの歯ブラシすらあった。きっと、クローゼットには弓ちゃんの服が並んでいるに違いない。自分がつらくて私はここに来たのに、反対に村瀬君のほうが心配になってしまった。私は歯ブラシを手に村瀬君の元に駆け寄って叫んだ。

「ねえ、もう捨てな。こんなのよくない」

「………」

村瀬君は私の顔も見ず、黙ったまま、ペットボトルのお茶をグラスに注いでいる。それでも私は言った。

「よくないよ。こんなの。弓ちゃんはもういないんだし」

「いなくなってないよ。まだ僕のここに」

そう言って村瀬君は掌で自分の心臓のあたりに触れた。

「弓はまだここにいるんだ」

「村瀬君はそれでいいの？　そうやって年をとっていくの？　村瀬君の人生があるはずじゃん。これから弓ちゃん以上に好きな人があらわれるかもしれないし、結婚したい人だって出てくるかもしれないよ」

「そんな人はもうあらわれないよ」

「じゃあ、このまま、弓ちゃんのことひきずったまま、おじいさんになるの？」

「………」

私は村瀬君の腕の隙間に自分の手を入れた。ほんのりと温かい。本当は村瀬君じゃなくてもよかったのかもしれない。私は今夜、こういう人の温もりに空腹のオオカミのように飢えていた。私は弓ちゃんになって言った。

「村瀬君、私のことはもう忘れて。自分の人生を生きて。そうじゃないと私、成仏できないよ」

私は村瀬君の心臓のあたりに頭を置いていた。とくとくとく、と村瀬君の鼓動を感じた。村瀬君が私の腕をぐいっと押し返す。

「綾ちゃん、やめて」

感情のない村瀬君の声が頭の上から降ってきた。そう言われて私は村瀬君の部屋を飛び出た。抱きしめてくれるくらいいいじゃない。そう思ったけれど、私が抱きしめられたいのはやっぱり麻生さんなのだった。夜道で立ち止まり、スマホを見る。私が送ったメッセージは全部既読になっていたが、やっぱり返信はなかった。麻生さんの馬鹿、村瀬君の馬鹿、私の馬鹿。夜空には星が瞬いていて、麻生さんは冬になったら双子座を教えてくれると、言っていたな、と思ったら、目の前の景色が涙でぐらぐら揺れ始めた。

麻生さんからＬＩＮＥの返信が来たのは、それから一週間後の夜中のことだった。

「綾ちゃん、今まで黙っていてごめんなさい。僕には本当は奥さんがいて、子どもが生まれ、それでもずっと別居中でした。離婚するつもりで離れたのに、お正月に会ってみたら、やっぱり子どもが可愛く」

そこまで読んで私はスマホを布団の上に放り投げた。

麻生さんに騙されていたという怒りももちろんあったけれど、すべての元凶は私が抱えている寂しさ、という気がした。弓ちゃんみたいになんにでも心が開ける恋人が私は欲しかったし、求めてもいた。それでもリアルな現実世界ではうまくいかなくて、婚活アプリに救いを求めた。アプリで出会う人なんて、どこからどこまでが本当のことかわからない。麻生さんみたいに、本当は別居中の既婚者なのに、まるで独身のような顔をして相手に近づこうとする人もいる。そういうことがアプリでは見抜けない。いくらでも問い質せるタイミングはあったはずなのに、見て、見ぬふりをしてしまったのは私だ。

だって、麻生さんすら失ってしまったら、あまりに悲し過ぎると思っていたから。弓ちゃんがいなくなって、コロナで人に会えなくなって、私はさびしんぼうの王様になってしまった。そうだ、本当はコロナが悪い。私がこんな目に遭《あ》うのも、村瀬君が新しい恋人を見つけず、弓ちゃんに執着しているのも全部、コロナのせいだ。そういうことにしておきたかった。

ふと、テーブルの上にあるアボカドのグラスに目をやった。双葉はまるで万歳した両手みたいに葉を広げていて、それがやっぱり無性に腹立たしかった。えっ。でも、これ、このまま伸びたらこのままでいいの？　それを聞く相手は私にはやっぱり村瀬君しかいなくって、私はこの前のお詫びとともに、村瀬君にＬＩＮＥを送ったのだった。

村瀬君からも一週間以上、返信はなかった。麻生さんからはあれからもＬＩＮＥがいくつか来ていたけれど、私は読まなかった。既婚者、子持ちの嘘つきに関わっている暇はない。さあ、アプリで次の相手だ、と思いたかったけれど、また、同じようなことが起こる気がして怖かった。

寒い日が続いて、今にも雪が降りそう、という夜に、私は一人さびしく家に帰った。すると、ドアの前に何やら、大きなビニール袋が下がっている。なんだろう、と思ってみると、丸いプランターと土の入ったビニール袋なんかが入っていた。それに手紙。

「次の月命日で会うのは最後にしましょう」と、村瀬君のあまり上手いとはいえない文字で書かれていた。心臓がどきん、とした。私があんなことをしたから、言ったから、仕方ないな、とも思ったけれど、もし、もう永遠に村瀬君に会えないかもしれないと思ったら、めまいがした。私はどれだけ、親しい人を、近しい人を失えばいいんだろう。その不運に思わず躓《つまず》きそうになる。それでも、その重いビニール袋を苦労して部屋に入れた。

手を洗ってうがいをして部屋着に着替える。グラスの中のアボカドを見た。下からは白い根が、上からは長い芽がもう十センチほど伸びていた。グラスの中が窮屈そうなのは、見て分かった。土がこぼれたときのために大きな紙袋を切って広げた。ビニール袋には、発芽後のプランターへの植え替え方法というネットの記事をプリントした紙も入っていた。まず、プランターの底に、小石を敷き詰める。それから、土を半分くらい入れて、アボカドの種を置く。それからまた、隙間に土を詰める。読むだけなら簡単だけど、不器用な私がやるには、随分と時間がかかった。こんなちっぽけな命なのに、育てていくことがこんなに大変だとは。

そのとき、ふいに思った。自分と弓ちゃんを育ててくれた両親のことだった。

「あんたたちを育てている間、寝る暇なんかなかったわよ」

と母が言えば、

「母親なんだから当然でしょ、ほかにきょうだいもいないのに」

という言葉しか返していなかった。だけど、母も父も、私には文字通り、惜しみのない愛情をかけて育ててくれた。父はしがない保険会社のサラリーマンだったけれど、子どもの頃からお金に困ったこともなく、弓ちゃんと二人、大学まで出してくれた。そんな父が、弓ちゃんのお葬式で号泣していたのを思い出したら、やっぱり胸が詰まった。母は、柩《ひつぎ》に寝ている弓ちゃんの顔をいつまでも撫《な》でていた。柩の扉が閉じられるまでずっと……。紙袋の上で散らばった土を拾い集めながら、弓ちゃんの体を焼いたあと、火葬場の人がこんなふうに弓ちゃんの細かい骨のかけらを集めていたなあ、と思い出した。きゅっと胸が痛くなる。私は土のついた指でスマホを握り、実家に電話をかけていた。

すぐに母が出た。

「もしもし、お母さん……」

「綾、元気にしてるの？　コロナは大丈夫？」

「うん、ぜんぜん大丈夫だよ。お母さんも、お父さんも元気なの？」

「お父さんは腰がずっと痛いって言ってるけど、いつものことよ」

「そっか……」

「綾、なんかあった？」

「えっ」

「綾が電話をかけてくるなんて、珍しいじゃない。私がかけても忙しいから、ってすぐに切るのに」そう言って母は笑った。その声が懐かしかった。

「お母さんの声が聞きたくなることもあるんだよ、突然にね」

「へえっ、珍しい。でもなんだか安心した」

「どうして？」

「弓と違って、綾はなんにも弱音を吐かないから、昔から。頑張り屋さんすぎて、そのこと、いつもお母さんは気にかけてたよ」

目の前の植えたばかりのアボカドがゆらゆら揺れ始めた。でも、泣いているとは悟られたくなくて、必死で堪《こら》えた。

「元気でいるのよ。ううん、元気じゃなくてもいいよ。綾がいるのなら、それでいいよ」

「うん……」

「こんなコロナの季節が終わったら、また帰っておいで。お父さんもお母さんも綾に会えるの楽しみにしてるんだから」

「うん。コロナなんて早く終わればいいね」

「そうよ。コロナなんかに負けたらだめよ。綾は大事な私の娘なんだから」

「お母さん……」

「ん？」

「私、弓ちゃんの分まで生きるからね。結婚もするし、子どもも産む」

「綾……」

「ん？」

「そんなこと考えなくていいの。綾は綾の人生を生きなさい。どんな生き方をしてもお母さんはいつも綾の人生を応援するよ」

涙が顎を伝って床に落ちた。電話を切って私はしばらくの間、泣いた。アボカドのプランターは私の部屋でいちばん日当たりのいい掃きだし窓のそばに置いた。

翌月の弓ちゃんの月命日、私と村瀬君はいつもの店で会った。カウンターにプラスチックの仕切りのあるあのお店。きっちり一時間という約束で。村瀬君はやっぱり効率よく呑まなくっちゃ、とそう言って、自分の分のビールや私のためのウーロン茶や焼き鳥やおしんこをどんどん注文した。たわいもない話をした。だけど、そのたわいもない話が今の私には必要だった。店を出るとき、

「アボカド枯らしちゃだめだよ」

と村瀬君が言った。

「今度はうまくいくような気がするよ」

私はそう言って、今、暗い私の部屋にあるアボカドのことを思った。誰も待っていてはくれないけれど、アボカドが私の帰りを待っている、そんな気がした。

その日は店の前では別れず（二人ともなんだか別れがたかった）、私と村瀬君の家の中間あたりにある小さな公園に寄った。村瀬君が公園の入口にある自動販売機であたたかいミルクティーを買ってくれた。私はそれを飲まずに、コートのポケットに入れた。何も言わないまま、ブランコの柵に腰かけて、夜空を見るともなしに二人眺めた。

「僕、あの部屋、引っ越すんだ」

しばらく経って村瀬君がまるでひとりごとのようにそう言った。

「ああ、やっと……」

「うん。綾ちゃんが部屋に来て、言われたことをずっと考えていたんだ。今だってどうしたって弓のことは思い出すんだ。だけど、もう前に進まなくちゃ。……綾ちゃんと、弓の月命日に会うのもこれで最後にしたほうがいいと思う」

そう言われてみれば今夜が村瀬君との今生の別れのような気もしてきて、胸のあたりがなんだか悲しくなってきた。でも、村瀬君は前に進もうとしている。私と会えば、弓ちゃんのことも思い出すのだろう。前に進みたいという人を邪魔するようなことはしたくはなかった。それでも私は言った。

「あのさあ、ひとつだけお願いがあるんだけど」

ん？　という顔で村瀬君が私の顔を見る。

「多分、もう会わないんだから、お別れのハグさせて」

村瀬君は面食らっていたようだが、私は半ば強引に村瀬君を立たせ、その丸まっちい体を抱いた。村瀬君は私の体を抱きしめなかった。自分以外の人の形と体温。コロナになって私はますますそれが愛おしくなった。村瀬君は生きている。村瀬君の体にはあたたかい血がめぐり、力強い生が宿っている。どうか、この人を幸せにしてください。そして、私を幸せにしてください。

私は心のなかで、神様だか誰だかわからない人に祈った。

「村瀬君、今日だけ、私、弓ちゃんになってあげようか」

村瀬君が私の体を離し、ものすごいまじめな声で言った。

「馬鹿なこと言うなよ。弓と綾ちゃんはまるで違う。顔は似てても別の人間だよ」

村瀬君が首からほどけていた私のマフラーをぐるぐると巻いてくれた。村瀬君の返事なんて、私の想像を一ミリも外れていなかったけれど、でも、それでよかった。

「村瀬君、いいこと教えてあげようか」

そう言って私は適当な星を指さした。まわりの星よりひときわ強く光りを放っているふたつの星を見つけた。

「あれが双子座の星だよ。あの星は弓ちゃんと私」

それが本当に、いつか麻生さんが言っていた、カストルとポルックスという星かどうかなんてまったく自信がなかった。

「冬の間しか見られないんだよ。冬になったら一度でいいから思い出してね。弓ちゃんと、それから私のこと」

そう言うと、村瀬君はマスクをしたまま顔をくしゃりと歪《ゆが》めた。それから、私たちは公園で少し泣いた。

「じゃあね、また」

公園の入口で、もう会う気はないのだろうに、また、と言うところが村瀬君らしいな、と思った。

「さようなら」

私はそう言うと、村瀬君に背を向け、もう一度もふり返らずに自分の部屋を目指した。時々、顔をあげて空を見た。明るい星がふたつ、私を追いかけてくるようだ。ポケットの中のミルクティーはまだほんのりあたたかかった。何があっても、どんなことが起こっても生きていかなくちゃ。なぜだか私は強くそう思い、村瀬君が巻いてくれたマフラーの中に顔を埋めて、アボカドが待っている自分の部屋に足を進めた。

銀紙色のアンタレス

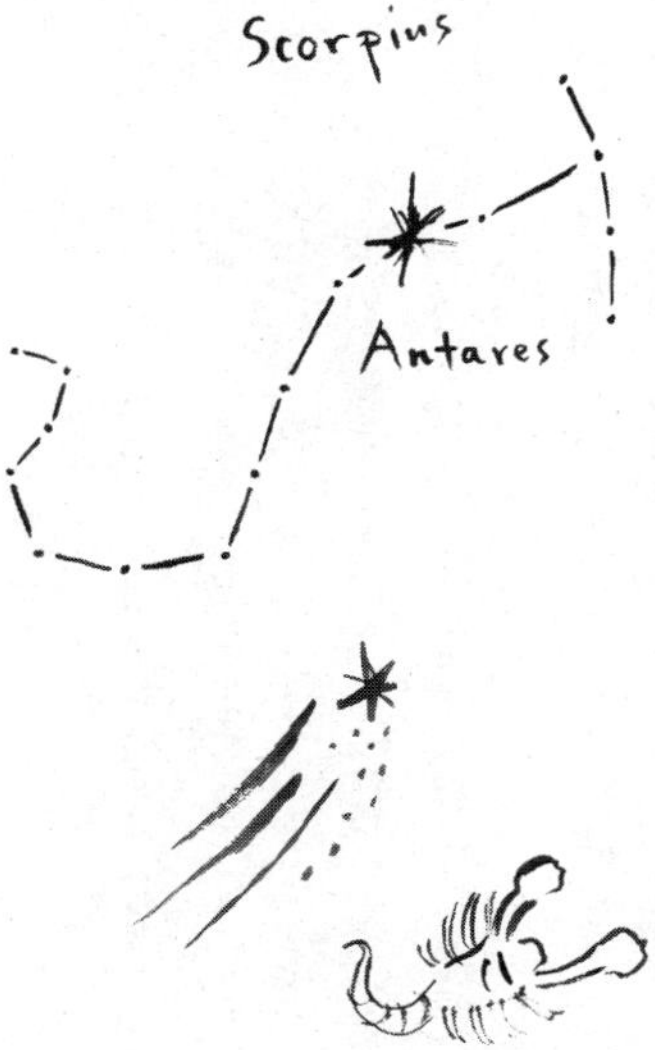

山に向かって走っていた特急電車がいくつかのトンネルを越え、海岸線に沿って走るようになると、左側の車窓いっぱいに海が見える。僕は思わずシートから腰を浮かし、窓に鼻をくっつけて海だけを視界のなかに入れていたくなる。小さな子どもみたいに「海！　海！」と奇声をあげて、隣の誰かに伝えたくなる。けれど、今は無理だ。隣には、見ず知らずのサラリーマン風の男の人が座っているし、僕はもう小さな子どもではない。

電車が進むたび、見えてくる海は青さを増し、ぎらぎらとした油じみた真夏の太陽をその表面に映している。海は凪ぎ。岩だらけの海岸に寄せて割れる波だけが白い。あぁ、早く、あの海に全身を浸して、狂ったように海のなかで泳ぎまくりたい。そう考えただけで、股間がすぅ、とする。性的な意味ではない。ジェットコースターのいちばん高い所で、今まさに落ちようとしているあの瞬間、海で泳ぐことを考えただけで、僕の全身が、やわらかな羽で撫でられているような、そんな気持ちよさに包まれてしまう。

僕は八月八日、真夏に生まれた。獅子座だ。昨日、十六回目の誕生日を迎えたばかり。夏に生まれたからなのだろうか、僕は夏が好きだ。夏が来ると、やっと自分の季節がやってきたという気がする。どんなに気温が上がったっていい。

自分のマンションがあるごちゃごちゃと家の並んだあのあたり、東京特有の湿度と、エアコンの室外機から噴き出す熱風、アスファルトが溶けそうな真夏日、飲んだ水が尿になる暇もなく、汗となって出て行ってしまうようなそんな日だって僕は大好きなのだ。

反対に冬なんてもうまったくだめだ。体は縮こまったようにかたくなるし、そもそも寒さというものに極端に弱い。一日中、毛布にくるまって家から出たくなくなる。とはいえ、そうも言ってはいられないので、ユニクロのヒートテックのシャツやズボン下を三枚重ねて着て、這うように学校に行っているのだ。冬、雪、と聞いただけで、僕のこめかみはずしん、と重くなる。

こんなに夏が好きなのに、去年の夏は最悪だった。高校受験のための夏期講習、暗い顔をした受験生とともに教室に閉じ込められて、海にもプールにも行けなかった。勉強ばっかりしていた。それなのに第一志望の高校の合格率は、三十％しかなくて、死にたくなった。それでもなんとか、第三志望の都立には入れたけれど。

クーラーの効きすぎている教室の中で、夏を無駄にしていることが僕はくやしくてたまらなかった。だから、決めたのだ。今年の夏は去年の分も取り戻すように楽しもう、と。

七月末までの水泳部の部活が終わったら、即、海辺にあるばあちゃんの家に行こうと決めていた。母さんは八月に入った途端、父さんが単身赴任している京都に行ってしまった。いっしょに来るように母さんは何度も言った。盆地に張りつくような、あの、じめっとした京都の暑さだって僕は好きなのだ。父さんにだって会いたい。だけど、父さんのいる京都市内には海がない。半ば母さんと喧嘩になりながら、絶対に今年はばあちゃんの家に行く、と僕は母さんの要求をつっぱねた。

この特急電車は、ばあちゃんの住む町に向かっている。到着はあと五分ほどだ。憎いあいつら、ぬるりと僕の体に触れて、痛い思いをさせるあいつら（海月《くらげ》）が出てくる前に僕は死ぬほど海で泳いでやるのだ。それが僕の夏の決意。

「真《まこと》！」

改札口に向かうとばあちゃんが大声を出して手を振っているのが見えた。

二年ぶりに会うばあちゃんは、二年前に会ったときとそれほど変わらないように見えた。一枚の布を二つに折って、脇の部分だけを縫い、腕と頭が出るところだけ穴を開けたような紺色のワンピースを着て、真っ白の髪を小さくまとめている。腕や足は驚くほど細い。ばあちゃんは母さんの母親なのに、体つきはまったく似ていない。母さんは年齢を重ねるごとに体重も増えて、年中ダイエットと騒いでいるけれど、体重が減る気配はまったくない。けれど、まわりにいる人にもかまわず、僕を見つけると大声を上げるところとか、笑うと目がなくなってしまうところとか、そういうところはやっぱり親子なんだな、と思う。

「また、大きくなったねぇ」

そう言いながら、ばあちゃんは腕を伸ばし、僕の頭を撫でようとする。けれど、小さなばあちゃんの腕は僕の頭に届かない。僕はばあちゃんに頭を撫でられたかったから、少し膝を曲げた。お世話になります、とか、ばあちゃんに言いたかったけれど、恥ずかしくて何も言えず、母さんが持たせてくれたおみやげの袋をばあちゃんにぐい、と差しだした。

「車はこっちだから」

そう言って、ばあちゃんは老人らしからぬスピードで僕の前を歩いていく。駅の構内を出ると、もう太陽の光がじわじわと僕の腕を焼いて、僕はもうそれだけでうれしいのだった。椰子の木の植えられたロータリーをぐるりとまわって、駅のそばにある駐車場に、ばあちゃんは僕を連れていく。

車で満杯の駐車場にばあちゃんの黒い軽自動車が見えた。ばあちゃんがまだ車を運転していることにも驚いたけれど、まだ同じこの車に乗っていることにも驚いた。ばあちゃんが開けてくれたドアから僕は助手席に乗り込む。直射日光で熱せられた黒いシートに触れた太腿が熱い。担いできたデイパックを膝の上に載せると、ちょっと僕には窮屈だ。ばあちゃんは僕が子どもの頃と同じように、黒いでかいサングラスをかけ、巧みなハンドルさばきで車を駐車場から出した。

ばあちゃんの家は駅から少し山のほうに上がったところにあるけれど、まっすぐ家には帰らずに、僕へのサービスなのか、海沿いの道を走ってくれた。猛スピードで。そう、ばあちゃんは運転が荒い。僕は慌ててシートベルトを締めた。窓を全開にすると、海の香りが車の中を満たした。僕はそれを肺いっぱいに吸い込む。海岸には、パラソルが隙間なく並べられているけれど、僕はここでは泳がないから別にいいのだ。波が打ち寄せる音。あぁ、早く、全身を海に浸したい。

「ばあちゃん、海！　海！」

ほんとうは電車のなかで言いたかったことを隣のばあちゃんに告げると、

「知ってるよ」と、そっけなく返された。

ばあちゃん自身は二年前とそれほど変わってはいなかったが、ばあちゃんの家は中学生のときに来たときと比べると、やっぱり少し古くなっているように見えた。古い木造家屋の二階建て。家の横にある屋根まで届きそうな育ちすぎたサボテン。広い庭と、その端にある小さな畑。そこにトマトやきゅうりが、ぶらさがっている。庭のすみに見える蛍光イエローの丸いものは、確か、僕が父さんと遊んだフリスビーじゃないだろうか。ばあちゃんの家は、庭も、家のなかも、ちょっと乱雑だ。片づけが苦手なところも母さんと似ている。

引き戸の玄関から家の中に入ると、ひんやりと暗い。太陽光の残像が白く目の前で踊る。ばあちゃんは休む暇もなく台所に立ち、ガス台に火をつける。

「昼は素麺でいいかね」

そう言いながら、食器棚の上にある桐の箱を背を伸ばして取ろうとするので、僕が手伝った。

「あら、助かる」

ばあちゃんは桐の箱の中から素麺の束を片手でつかめるだけつかみ、素麺を束ねている紙のテープを素早く外して、湯が煮えたぎっている鍋の中にぱらぱらと放った。

「じいちゃんに挨拶する」

ばあちゃんの家に行ったら、まず仏壇に手土産を置いて、手を合わせるようにと、母さんからくどくど何度も言われて来たのだ。さっき、ばあちゃんに渡した紙袋の中から、カステラの包みを仏壇の前に置き、蠟燭に火をつけて、線香をかざした。ええと、それから、鈴《りん》だ。何回鳴らすかわからなかったが、適当に三回鳴らして、手を合わせた。目の前の写真立ての中にいるじいちゃんは僕が小学校に入った年に癌で死んだ。母さんに促され、そっと触れたじいちゃんの手の冷たさを僕はまだ覚えている。棺桶のなかでたくさんの花に囲まれているじいちゃんは「あぁ、よく寝た」と言って起き出しそうだった。その棺桶の蓋を釘で閉ざすために、金槌で叩けとまわりの大人たちから促されたとき、子どもの僕は、葬式というのはなんだか残酷なものだと思った。

母さんは、ばあちゃんに東京でいっしょに暮らそうと何度も提案しているらしいが、そのたびにばあちゃんはここに死ぬまでいるのだ、と首を縦に振らないらしい。ばあちゃんといっしょに暮らすことに僕だって異存はないが、ばあちゃんのこの家がなくなってしまうことを考えると、僕は憂鬱になる。

後ろを振り返ると、ばあちゃんが菜箸《さいばし》を持って立っていた。

僕の顔を見て、にっこりと笑う。

「真が帰ってきて、じいちゃんもうれしいだろ」

そう言ってまた、台所に消えた。

ばあちゃんの茹でてくれた素麺だけでは僕の空腹は満たされなかったので、ばあちゃんはおにぎりを握ってくれた。塩こんぶと梅干を入れた、海苔も巻いていない塩むすび。めちゃくちゃうまい。

「真は二階の部屋を使いなよ。朝日《あさひ》ちゃんはいつ来るの？」

僕は口の中であわてて飯粒を咀嚼し、のみこんで答えた。

「メール来てたわ。あとで確認する」

LINEと言ってもばあちゃんにはわからないだろうと思い、メール、と言い換えた。ばあちゃんもメールならわかる。そうだ、なんでか、僕がばあちゃんの家にいる間に、ここに来たい、と朝日が突然メールをよこしたのだ。朝日は同じマンションに住む幼なじみで、朝日の家と僕の家は幼稚園の頃から仲が良く、小学校の頃までは休日にいっしょに過ごすことも多かった。このばあちゃんの家にだって、何度か朝日の家族が来たことがある。

区立中学まではいっしょだったけれど、朝日は僕と違って頭がいいから、大学付属の私立高校に進んだのだった。それぞれがそれぞれの高校に進んでからは、顔を合わせることは滅多になくなった。それなのに、朝日は自分の母親から母さんに連絡し、ばあちゃんの家に来る計画を着々と進めているのだった。

「朝日ちゃんは、ばあちゃんの部屋に寝ればいいね。新しい布団も出しておいたから」

ばあちゃんはそう言いながら、素麺のつけ汁をこくりとのんだ。

顔を合わすことはなくなっても、朝日からは時々、LINEが来ていたが、僕はあんまり携帯に触らないから、返信をすることも少なかった。既読にならないと、ぶんむくれた顔か何かのイラストのスタンプが送られてきたりする。さっきも、電車のなかで携帯が震えたけれど、あれは多分、朝日からだ。いきなり、ばあちゃんの家に来たいだなんて、あいつも海がそんなに好きだったっけ、とぼんやりと考えながら、僕は三個目のおにぎりを頬張った。

食べ終わった食器をシンクに片付け、

「行ってくるね!」とばあちゃんに声をかけると、

「そんなに慌てなくても海は逃げないよ」とあきれたような声を出した。

ばあちゃんの家から海までは、なだらかに蛇行する坂道が続く。

道沿いには、子ども用のビニールプールが玄関先に置かれた、ごく普通の民家もあるが、別荘なのだろうか、ベランダが異様に広かったり、ガラス張りのリビングが見えたり、ちょっと変わったつくりの家もある。二年前とそれほど家並みは変わらないが、売り出し中、と赤いでかい文字が書かれたポスターが貼られた家も所々に混じる。それからまたしばらく歩いて、だだっ広い畑の中に立った鉄塔のそばまで来ると、その向こうに光る海が見えてくる。

海水パンツとTシャツを着ただけの僕はもうすでに汗だくだ。ばあちゃんは熱中症が怖いから、と、僕に年代物の赤いギンガムチェックの水筒（ばあちゃんはそれを魔法瓶と呼んだ。たぶん、じいちゃんが使っていたものだと思う）に入れた麦茶を持たせ、つばの広い麦わら帽子を無理やりにかぶせた。海が見えてきたらたまらなくなって、僕は坂道を走った。

肩に提げた魔法瓶のなかの麦茶がたぽん、たぽん、と音を立てる。海岸沿いの国道を、車が来ない隙を狙って渡り、防風林を駆け抜けた。白い海岸と波の音。僕は脱いだTシャツと麦わら帽子が風で飛ばないように魔法瓶で重石をして、そのそばにビーチサンダルを置いて、海の中に飛びこんで行った。ぬるめのお風呂くらいの海水が僕の体を包む。ゴーグルをつけて、泳げるところまで、クロールで泳いでみた。海が深くなるにつれ、青がどんどん濃くなる。下を向くと、何かの小さな魚みたいな群れや、揺れる海藻も見えた。そこで、仰向けにぽかり、と浮かんでみた。自由だあああ、と叫びだしたくなる感じだ。僕は一人で泳いでいて、夏の太陽に照らされ、海のなかにいる。その海は地球上のどこかの海とつながっていて、つまり、陸から離れた僕は、どこかから切り離されたように自由なのだ。

立ち泳ぎをしながら岸のほうを見た。やっぱり、この場所が最高だ、と思う。駅のそばの海は混雑しすぎだ。ここだって、パラソルがいくつか並んでいるけれど、人がたくさんいるわけじゃない。海岸の右端にあるサンドスキー場から、子どもの叫ぶ声が聞こえてくるけれど、何で、こんないい海に来て泳がないんだよ、と怒り出したくなる。

僕は平泳ぎでゆっくり岸まで泳ぎ、再び、クロールで沖の行けるところまで、というのをくり返した。数えきれないくらい。途中、あまりに泳ぎすぎたのか、足がつりそうになり、海岸に上がって、ばあちゃんが持たせてくれた魔法瓶の麦茶を飲んだ。ばあちゃんの作る麦茶には砂糖が入っていて甘い。それが妙にうまい。僕は熱く熱せられた砂浜に大の字に寝転んだ。日焼け止めなんか塗ってない。水泳部の部活である程度、日焼けはしているけれど、プールと海岸の日焼けはまるで違う。明日は、多分、体中が赤く腫れるかもしれないけれど、二日も経てば慣れてくる。

あまりにまぶしくて、砂まみれの腕をかざし、太陽の光を遮った。白い太陽。こんなに、なにもかも熱くしてしまう太陽は、やっぱりなんだかすげえな、と思いながら、僕はまた、海に向かって走っていった。

「六時までには帰ってきなさいよ」と、ばあちゃんは言ったけれど、僕は時計を持っていない。もう、ほとんどの家族連れが引き上げて、海岸には数えるほどの人しかいなかった。夜が近くなれば、カップルが増えてくる。この海岸のそばにある、海に繋がる大きな穴、龍宮窟でいちゃいちゃするやつらもやってくる。そんなやつらを見ているのも腹がたつ。

泳げなくなれば、僕の一日は終わりだ。夕焼け小焼けのメロディーがどこからか聞こえてきたので、もしかしたら、これが六時の合図かも、と僕は思った。それでも、海から去りがたくて、僕は砂浜に座ったまま、ぼんやりと夕暮れの海を眺めていた。

Tシャツを頭からかぶった。砂をよく払ったはずなのに、さらさらと乾いた顔の表面に砂が落ちる。ビーチサンダルも砂だらけだったので、もう一度、足だけ海につけようと、波打ち際に向かった。干潮のせいで、波はずっと沖に引いている。僕は足だけを泡だらけの波に浸からせながら、もうすぐ水平線の向こうに沈んでいこうとする太陽を見ていた。

ふと、何かが耳をかすめて、子守歌かな、と僕は思った。その声の調子から。メロディーにも聞き覚えがあった。右側を向くと、小さな赤ちゃんを抱っこした女の人が、赤ちゃんを揺らしながら、僕と同じように、サンダルの足だけを波に浸けている。袖の無い水色のシャツに、グレイの長いスカート、肩くらいの髪を右側で結んでいる。左の耳たぶに小さな金色のピアスが見えた。もしかして泣いているのかな、と思ったのは、その声の調子があまりに悲しそうだったからだ。女の人は僕を見て、かすかに口角を上げた。その微笑《ほほえ》みもなんだか泣いているみたいだった。

「いくつですか？」

自分の口から出た言葉にいちばん驚いたのは僕だ。これじゃ、ナンパじゃないか。しかも子どものいる人に。砂まみれのＴシャツを着て、鼻の頭を真っ赤にした僕は何を言っているんだろう。けれど、女の人は驚きもせずに答えた。そう聞かれることに慣れているみたいに。

「もうすぐ、一歳になります」と。

僕が聞きたいのは、あなたが抱っこしている子どもの年齢じゃないのだけれど。

翌朝、LINEの着信を知らせる音が響いて、僕は目を覚ました。

腕を伸ばして時間を確認する。午前七時過ぎ。またしても朝日から。十二日に行きたいのだけど。一泊してもいいかなあ？　おばあちゃんにその日に行っていいかどうか確認してもらえますか？　お願いします、の文字が添えられたスタンプ。なんだって、今になって朝日がこんなにもばあちゃんの家に来たがっているのか、僕にはよくわからないが、海で泳ぎたいのなら、その気持ちもわからなくはない。このあたりの海は江ノ島あたりの海と違って、泥水みたいじゃないし、透明度も高い。朝飯のときにばあちゃんに伝えておくか、と枕元に携帯を置いて、僕は二度寝をしようとした。頭に浮かんできたのは、昨日、夕暮れで見たあの人だった。あの人が口ずさんでいた悲しげな子守歌のメロディー。子どもがいるんだから、僕よりもうんと年上で、結婚もしているちゃんとしている人なのだろう、と思った。再び、うとうととしながら、僕は暑苦しいタオルケットを足元に蹴っ飛ばして、大の字になった。鼻歌のようなあのメロディー。外国の歌だろうか。それとも、何か子ども番組の歌だろうか。開け放った窓に吊されたカーテンが風でこちらに向かってきたり、また、窓のほうに戻っていったりする。その不規則な動きを見ているうちに、夕陽に照らされたあの人の横顔が浮かぶ。横顔とメロディー、それを頭のなかで反芻する間に、僕は再び眠りに落ちていた。

「ばあちゃん、朝日があさって泊まりに来たいって」

階段を降りながら、台所に立つばあちゃんにそう言うと、

「あら、朝日ちゃんなら、いつだっていいわよ。真がいる間ずっといたっていいのに」

と、きゅうりか何かをまな板の上でテンポよく刻みながら言った。ばあちゃんの言葉に、それだけは勘弁、と僕は思った。

「畑に行ってね、トマトもいできて」

流しのほうに向かったままばあちゃんはそう言って、僕はうん、と声にならない返事をした。寝ていたTシャツと短パンのまま、僕は籠と園芸バサミを持って外に出て行く。まだ、八時前だっていうのに、もうじりじりと暑くて、庭の土は白く乾いている。

庭の端、玄関から出て左側にばあちゃんが作った小さな畑がある。きゅうり、茄子、トマト、ピーマン、紫蘇、バジル。ばあちゃん一人じゃ食い切れないくらいの野菜やハーブが植わっている。表面が弾けそうになっているトマトをひとつもいでそのまま齧った。太陽みたいな、夏そのものみたいな味がする。トマトを齧りながら、三個をもいで籠に入れた。外にある水道の蛇口をひねり、長いホースから出てくる水で顔を洗い、頭からじゃぶじゃぶ水をかぶった。水はぬるかったが、しばらく経つと、冷たいくらいの水が出てくる。ホースを長く伸ばして、その先端をぎゅっと握り、庭に水をまいた。乾

いた地面にぐるぐると模様ができる。光の加減で、虹が小さくできる。幻みたいな七色を、僕はきれいだと思う。僕は犬のように頭を振って、物干し竿にほしてある、もうすっかり乾いているタオルで髪の毛の水分を拭った。

えぼ鯛の干物と、もいだばかりのトマト、きゅうりの糠漬け、納豆、焼き海苔、わかめの味噌汁。やっぱり朝は和食が最高だと思う。母さんだって、料理の腕は悪くないが、朝はパンなのが僕は気にくわない。母さんは低血圧なので、朝から手のかかる和食は作るのが大変だ、という。

僕だってぎりぎりまで寝ているのだから、母さんのことは責められないが、ばあちゃんの家にいる間、味噌汁くらいは自分で作れるようになりたいとも思っている。朝から三杯目のごはんをおかわりする僕をばあちゃんはにこにこ見ている。

「気持ちがいいねぇ」そう言ってお茶をすすっている。

「自分の作ったごはんをそんなにおいしそうに目の前で食べてくれるなんて、ほんとうにうれしいわ」

決して、僕たち家族と同居をしないというばあちゃんだけど、僕がいない間は一人で暮らしている。近所に知り合いもいるだろうけれど、寂しくはないだろうか、とふと思った。例えば、夜、たった一人で眠るときなんかに。けれど、ばあちゃんに寂しくない？とは聞かなかった。去年だったら、僕はそれを言葉にしていたかもしれない。けれど、今はなんだかそんなふうにばあちゃんに聞くことが、ばあちゃんに対して失礼なんじゃないかと思ったのだ。

「ごちそうさまでした」

と手を合わせて言うと、ばあちゃんはお粗末さまでした、と僕に頭を下げる。そんなことをする人に、寂しくないか、と聞くのはやっぱりどこか間違っているな、と僕は自分とばあちゃんの食器を片付けながら思った。

今日も快晴だ。昼に一度帰って来ることにして、僕はまた海に向かった。

「帰りにね、西瓜買ってきてね。真がいるんだから、丸ごと一個ね」

そう言ってばあちゃんは、僕の手に千円札を握らせた。

海は昨日と同じように僕を待っていて、僕は昨日と同じようにクロールで沖まで行き、そこでしばらく仰向けになって浮かんで、空を眺めた。耳の中にちゃぷちゃぷと水が揺れる音がする。波に揺られるまま、僕は目を閉じ、しばらくの間、浮かんでいた。どうしてこうも海のなかにいると安心するのかわからない。ゴーグルを額にあげて、目を閉じた。羊水のなかで浮かんでいる赤ちゃんもこんな気分なのだろうか。そう思ったところで、また、昨日の女の人が浮かんだ。抱っこをしている子は一歳になると言っていた。昨日のあの人が、ものすごく苦しい思いをして、赤ちゃんを産んだことが僕には信じられなかった。

それからゆっくりと僕は平泳ぎで岸まで戻り、しばらくの間、砂浜で大の字になったあと、また、沖まで泳ぎ始め、浮かび、そして、岸まで平泳ぎをくり返した。時計を持っていなかったから正確な時間がわからなかったけれど、おなかもそろそろ空いてきたし、太陽は空のほぼ真上にある。多分、お昼だろう、と見当をつけて、僕は脱ぎ捨てたTシャツを着て、ビーチサンダルを履き、タオルを首にかけ、麦わら帽子をかぶって砂浜を後にした。

スーパーマーケットは国道沿いにある。海岸から歩いて五分くらい。都会にあるみたいなこじゃれたスーパーではなく、日用品やちょっとした農機具なんかも売っている田舎のスーパーだ。入口近くにある西瓜の山を見て、僕は迷った。丸ごと一個の西瓜なんか買ったことないのだ。多分、生まれて初めて。母さんが買ってくる西瓜だって、四分の一とかにカットされたものだ。叩いて音を調べればいいんだっけ、と思いながら、僕は手のひらで西瓜を一個一個叩き、耳を近づけてその音を聞いた。ぼんぼん、とも、ぽんぽん、とも聞こえるけれど、どんな音がすればいい西瓜なのかがわからない。西瓜を叩きながら、さんざん迷っていると、そばに立っていた白いエプロンをつけたおばさんが、僕を見て笑い、

「選んであげようか」と言った。

「お願いします」そう言うと、やっぱりおばさんは西瓜を叩き始めた。僕が叩く音とは

ぜんぜん違う。そんなに強く叩いてもいいのかと思った。

「すぐ食べるならこれがいいよ。熟してる」そう言いながら、おばさんは一個の西瓜を両手で持ち、僕に手渡した。重さがずしっと腕に来た。

「西瓜のこのしましまの模様があるでしょ。これがはっきりしているのはいい西瓜」

へええ、と僕が声を出すと、おばさんは、内緒だけどね、と、悪い顔をしてにやっと笑った。会計を済ませ、白いビニール袋に入れられた西瓜を肩に提げて、ばあちゃん家に戻った。坂道の傾斜が強いところでは、泳いだあとの疲れと、西瓜の重さで、歩幅が狭くなった。ビーチサンダルも脱げそうになる。僕は西瓜を絶対に割らないように、前に抱えたり、左の肩に提げたりした。どう持っても重いのだな、と思い、最後は肩に担いだ。腰にずしりと重さが伝わるが、西瓜の重さで、細くなったビニール袋の持ち手が肩に食い込むよりはましだ。

真っ赤な顔をして西瓜を抱えてきた僕を見て、ばあちゃんは笑った。

「顔真っ赤にして、汗までかいて、そんなに大事そうに」とうれしそうに。

西瓜を運んだせいではないが、昼飯を食べたあと、二階でごろりと横になっていたら、いつの間にか眠っていた。は、と気がついて目を覚まし、畳の上にあるデジタル時計を見たら、14：50を示していた。あぁ、まだ泳げる、と安心して、また、ごろりと畳に体を投げ出すと、階段の下のほうから、声が聞こえる。

ばあちゃんの声と、多分、ばあちゃんと同じくらいの年齢の女の人の声、それに時々、若い女の人の声が混じる。聞くつもりはなかったが、ばあちゃんと同じくらいの年齢の女の人の声がでかいので、会話の切れ端が耳に入ってくる。

浮気ばかりして。離婚したらしたで、再就職が。保育園も入れるのが大変だって言うじゃない。そんな言葉の合間に、かすかに泣き声のようなものが混じる。なんとなく、下に行かないほうがいいような気もしたが、それにしてもひどく腹が空いてしまっている。こっそりと下に降りて、台所の残り物かなんかをつまもうか、と思った。ばあちゃんの家の階段は古いせいで、どんなに注意深く足を降ろしても音がしてしまう。僕は一段、一段、つま先でゆっくり降りていった。ばあちゃんたちは、玄関脇にあるでかい座卓のある和室にいるみたいだった。

台所のテーブルの上には残りごはんで作ったおにぎりが皿に載せられ、ラップがかけられている。その端をめくり、台所の床に座って、おにぎりを囓り、麦茶を飲もうと冷蔵庫を開けた。和室から足音がする。ばあちゃんのような足音ではない。小さな足音。ぺたぺたと足の裏が濡れたような足が廊下を進んでくる音がする。台所の磨りガラスの戸に小さな手のひらの影が映る。だー、と言いながら、戸の横から顔を出したのは、小さな赤んぼうだった。だー、だー、と言いながら赤んぼうは僕を指差す。僕の手にしているおにぎりが気になるのだろうか、指を口に入れ、よだれを口の端から垂らしながら僕に近づいてくる。僕がおにぎりの欠片を差し出すと、短い指でそれをつまんで口に入れ、笑った。だー、と手を差し出すのはもっとくれ、という意味か。僕はまた、おにぎりを小さく千切って赤んぼうに渡した。ほっぺたにご飯粒をつけて、赤んぼうは口を動かしている。

「もう、歩《あゆむ》ったら、だめでしょう」

廊下の向こうから声がして足音が聞こえた。赤んぼうが、とことこと声のするほうに歩いていく。袖のないVネック、てろんとした生地の裾の長いワンピースを着た女の人がさっきの赤んぼうと同じように顔を出した。赤んぼうを抱きかかえ、

「もう、ほんとうにごめんなさい。勝手に」

そう言いながら、ようやく僕の顔を見て驚いたような表情をした。

「あ」と言ったのは僕のほうがやや早かったと思う。昨日、海岸で見たあの人だった。

それから、ばたばたと、ばあちゃんが台所にやってきて、赤んぼうを見て笑った。

「赤ちゃんになんでもあげたらいけないよ真は。アレルギーとかあるかもしれないんだから」

「ほんとうにすみません。この子、人見知りとか全然しなくて」

女の人が頭を下げる。

「おやつにカステラでも切ろうかね。歩くんはカステラとかだいじょうぶなの？　卵とか」

ばあちゃんが女の人にそう聞くと、はい、だいじょうぶです、ほんとにすみません、と泣くような声で言った。泣いている風には見えないのに、普通に話していても、この人の声は泣き声みたいなのだな、と思った。

「相川《あいかわ》さんが来ているから真も挨拶しなさい」

ばあちゃんはそう言って、僕に和室に行くように言った。

「ええ、真ちゃん。しばらく見ない間にこんなに大きくなるもんなんだねぇ」

僕が頭を下げると相川さんは大きな声で言った。相川さんはばあちゃんの家のすぐ近くに住む人で僕も何度か会ったことがある。

ばあちゃんがカステラとコーヒー茶碗を乗せたお盆を持って和室に戻ってきた。女の人に抱かれた歩くんは、今はカステラに夢中だ。

「歩もこんな風にすぐに大きくなるのかしら」

座卓のそばに座った相川さんは、ばあちゃんが淹れたコーヒーを飲み、縁側の籐椅子に座る僕を振り返って言った。ということは、あの赤ちゃんは、相川さんの孫で、あの女の人は相川さんの娘になるのか、と僕はカステラを千切りながら思った。

「真ちゃんはおばあちゃん孝行だねぇ。歩も大きくなったら、一人で家に来てくれたらうれしいわあ」

僕はなんと言っていいのかわからず、笑顔だけを返した。カステラを食べ終わった歩くんは、今度は眠くなったのか、女の人の腕のなかでそっくり返って泣いている。

「もう、眠いのね。昼寝の時間だから」

女の人は相川さんにそう言って、歩くんを抱いたまま立ち上がり、和室の隅で体を揺らしはじめた。ばあちゃんと相川さんは、町会がどうとか、組合費がどうとか、僕にはわからない話を始めたので、

「ばあちゃん、僕、泳いでくるね」

そう言って僕は相川さんと女の人に頭を下げ、部屋を出た。

二階の部屋で泳ぐ準備をして玄関を出ると、庭にある大きなイスノキの木陰に歩くんを抱っこしたままの女の人が立っていた。歩くんはもうすっかり眠っている。木陰とはいえ暑いだろうに、と思ったが、なんとなく、女の人は一人でいたいのだろう、という気がした。僕の姿を認めると、かすかに笑いながらぺこりと頭を下げる。僕も頭を下げてその人の前を通り過ぎた。ほんとに、いつも泣いているみたいな顔をしている人だなぁ、と思いながら。

その日、僕はなぜだか泳ぐ気持ちにはなれずに、ぽかりと海に浮かびながら思った。さっき、階段の上から聞いたばあちゃんと相川さんの話だ。浮気とか、離婚とか。それはあの女の人の話なんだろうか。会話の合間にかすかに聞こえたすすり泣くような声。あれはたぶん、あの女の人の声なんだろうなぁ、とも思った。結婚とか離婚とか、僕に

はまったくわからない。ずいぶんと自分から遠い出来事のような気がした。父さんと母さんはしょっちゅう電話で口喧嘩をしているが、それでも仲のいいほうだと思う。仲が悪ければ、単身赴任中の父さんの元に母さんが行くこともないだろう。京都に出かける前、父さんに何を食べさせようか、と、母さんはせっせと、料理のレシピを携帯で撮影していた。単身赴任中の父さんが京都で浮気、とか、僕が知らないうちにそんなことがあるんだろうか。頭のなかがぐるぐると回る。何度も浮かぶのは、あの女の人の泣きそうな顔だ。僕は息を止め、行ける場所まで潜り、それからまた浮き上がって、沖に向かってめちゃくちゃなクロールで泳ぎ始めた。

ばあちゃんの家に来てから三日目、毎日海に行っている僕は日に日に黒くなり、洗面所の鏡に自分の顔が映るたび、ぎょっとする。

朝食のテーブルに置いた携帯が鳴る音がした。食事中だったので、画面を見るだけにしたが、朝日からのＬＩＮＥだった。明日、駅に着く時間が書いてある。

「ばあちゃん、明日、朝日、お昼前には着くって」

「ああ、そう。じゃあ、迎えに行かないとね。浴衣を出しておいたから着てくれるとうれしいんだけど。朝日ちゃんも大きくなっただろうねぇ」

朝日が、朝日の家族といっしょにばあちゃんの家に来たのは小学校の高学年が最後だ

った と思う。僕は高校に入ってからの朝日をよく知らない。僕と同じ中学から同じ高校に進んで、急に色気づいて、けばけばしくなる女の子も少なくなかったから、朝日がそんなふうに変わっていたら、なんとなくいやだな、と僕は勝手に思った。中学までの朝日は、小枝みたいにやせっぽちの女の子で、正義感がやけに強かった。小学校のとき、プールの授業で、小枝ちゃん、と自分のことをからかう男子がいると、プール掃除用のモップを持って追いかけ回し、プールに突き落としたこともある。幼なじみというだけで、特に仲が良かったわけじゃない。だけど、学校にいるときには、いつも、僕の目の端には朝日がいたような気がする。きょうだいみたいなものだ。いないならいないで、元気がないならないで、どことなく気になってしまう。そんなふうな関係だ。

「あら、なんだろ」食後のお茶の準備を始めようとしたばあちゃんが、台所の床に屈んでいる。手にしていたのは、カラフルなフェルトでできた小さな象のおもちゃだった。

「歩くんのおもちゃか……昨日、たえちゃんが忘れていったのね」

そう言いながら、ばあちゃんはその象をテーブルの脇に置いて、台所に戻って行った。たえちゃん。たえさん、か。たえさん。僕はばあちゃんが用意してくれたお茶と、西瓜を食べながら幾度となく、その音を頭のなかでくり返した。フェルトの象の首のあたりについた鈴のようなものが、天井から吊された照明に鈍く光っている。その光がなんだか僕のなかの、いちばん奥の部分を照らしているような気がした。

「朝日ちゃーん、まぁ、綺麗になったねぇ」

ばあちゃんは改札口から出て来た朝日の首に手を回し、でかい声で言った。ばあちゃんと朝日は同じくらいに背が低い。朝日もばあちゃんの背に手を回している。二人の派手な抱擁に、改札口から出て来た人たちがちらちらと目をやる。僕は少し恥ずかしい。

「おばあちゃーん、お久しぶりです。会いたかったー」

ばあちゃんから体を離して、朝日は言った。横ストライプのシャツを着て、長いスカートに白いサンダル、中学のとき、腰のあたりまであった長い髪は、今、顎のあたりですぱりとボブに切られている。グレイのリュックを背負い、黒いリボンの巻かれた小さな麦わら帽子を頭に乗せた朝日がなんだかとても大人に見えた。薄く化粧もしているのだろうと思った。朝日は僕には目もくれず、ばあちゃんと二人で腕を組んで、駐車場のほうに歩いて行く。朝日がばあちゃんの車の助手席に乗ったあとも、二人の会話は絶えない。ばあちゃんは、朝日が前に来たときはどれだけ小さかったか、今はどれくらい綺麗になったかを運転しながらしゃべり続けている。興奮しているのか、車のスピードが速い。朝日は後ろを振り向こうともしない。わざとだ、と僕は思った。朝日め。

朝日は、ばあちゃんの家に着くと、朝日の家から持たされたたくさんのおみやげを、台所のテーブルに広げ、そのひとつひとつをばあちゃんに説明し始めた。それを聞いているばあちゃんの声もなんだかうれしそうだ。海にばかり行ってたいして会話のない孫といるよりも、話し相手になってくれる若い女の子がやってくるほうがうれしいだろうよ。二人のはしゃいだ声を縁側で聞きながら、僕はなぜだか、ちょっとした嫉妬心が湧いてくるのを感じていた。

昼飯は、朝日とばあちゃん二人が作った。

「ごはん食べたら二人で海に行っておいで。真、朝日ちゃん、ちゃんと見てあげなよ。海は何が起こるかわからないからね」

ちゃんと見てあげなよ、とばあちゃんに言われた途端に、なんだか急に朝日と海に行くことが面倒に感じ始めた。今日は自分のペースで泳げないのか、と。小学生の頃、朝日の家族と来たときは、朝日は海で泳ぐのが怖い、と言って、浮き袋をつけていた。もし、今もそうなのだとしたら、子どもの面倒を押しつけられたような気分になった。

朝日は、ばあちゃんに持たされた魔法瓶をリュックにしまい、

「行ってきまーす」とでかい声でばあちゃんに言った。来たときとは違う水玉の袖無しワンピースを着ている。じゃあ、と僕がばあちゃんに言うと、ばあちゃんは、

「ちゃんと見てあげなよ朝日ちゃんを」と、さっきと同じことをくり返した。

海に続く坂道を朝日と並んで歩いた。ばあちゃんの家が見えなくなったあたりで、朝日は後ろを振り返り、誰もいないことを確認して言った。

「真、LINEとかメールとかぜんぜん返してくんないね！　いつまで経っても既読とかになんないし！　今日だって来られるかどうか、ぎりぎりまでわかんなかったじゃん！　こっちだって都合とかあるんだからさぁ」

太陽の照りつける白い坂道を歩きながら、朝日に僕は怒られていた。さっき、ばあちゃんの前で見せていた笑顔とはずいぶん違うなぁ、と思いながら、僕は朝日の怒りを黙って聞き流していた。そういう僕の態度も朝日の怒りにさらに油を注いだみたいだった。そういうことは普通、彼氏とかに言う言葉じゃないのかなぁ、と思いながら、僕はそれでも言った。

「あんまし携帯見ないから……悪かったな。ごめんごめん」

「何それっ、ぜんぜん悪いとか思ってないでしょ」いきなり朝日は僕の腕を叩いた。

「いてっ、なにすんだよ」

とは言ったものの、ほんとうはぜんぜん痛くなんかなかった。女の力だ、と僕は思った。朝日はわけのわからないことを言いながら、何度も僕の腕を叩いた。そのたびに、僕はいてっ、とか、やめろっ、とか言ったけど、朝日の横を歩きながら、朝日よりずいぶんでかくなってしまった自分の体のことが少し怖いような気もしていた。幼稚園や小学校の頃はとっくみあいの喧嘩だってしてた。今、僕が本気を出したら朝日は負けてしまうだろう。そういう力を持ってしまった自分のことが怖かった。

「着替えてくるから待っててよ。これ膨らまして」

朝日は、海岸に着くとそう叫んで、僕に畳まれた浮き輪を投げつけ、一軒だけある海の家のほうに歩いて行った。子どもが使うような透明な浮き輪で、椰子の木や西瓜や花火のイラストが描かれている。はー、と一回ため息をついてから、僕はそれを膨らまし始めた。

しばらくすると、背中を叩かれた。振り返ると水着姿の朝日が立っている。ビキニ、とまではいかないけれど、上下に分かれておなかの見える白い水着を着ている。まず目に飛びこんできたのは、朝日の臍だった。その小さなくぼみが僕をどぎまぎさせた。僕は再び海を見ながら何食わぬ顔で浮き輪を膨らました。朝日は海に近づき、足首をそろそろと海水に浸している。たいしたものだ。と朝日の水着姿を見て僕は思った。それが正直な感想だ。僕が朝日が敵わないような力を持つのと同時に、朝日の体には僕が今まで見たことのないような、曲線や艶が備わっていた。海岸にいる誰よりも肌は白い。若い男や、小さな子どものいる父親までもが、水着姿の朝日にちらちらと目をやった。

「まだぁ？」

そう言いながら朝日が戻って来た。僕はぱんぱんに膨らんだ浮き輪の空気口を止めながら言った。

「朝日、日焼け止めとか塗らないと。おまえ死ぬよ」

あ、忘れてた、と言いながら、朝日はリュックの中を手で探った。白いプラスチック容器に入った乳液状の日焼け止めを、朝日は手や足にべたべたと塗りつけている。

「背中お願いします」

そう言って朝日が日焼け止めを僕に手渡し、背を向けた。僕は一瞬ぎょっとしたが、何事もなかったかのように、手のひらに日焼け止めを出し、水着の布がない部分に広げた。手を動かす方向に、背中の産毛が流れる。手のひらで直に朝日の肌に触れている。そのことがどうしようもなく恥ずかしかった。体の一部のかすかな変化を知られないように、僕は、ほら行くよ、と大声を出して、海に向かって駆けだした。ざぶざぶと海に入り、いつものようにクロールで沖まで全力で泳いだ。振り返ると、朝日は岸のすぐ近くで浮き輪に体を入れ、ゆらゆらと波に揺られ、僕のほうをうらめしげな顔で見ている。ちぇっ、と思いながら、僕は朝日のところまでクロールで戻った。

朝日の浮き輪を後ろから押しながら、僕はバタ足で沖に進んだ。僕がさっき泳いできた場所のもっと先まで。そのあたりには泳いでいる人もいない。朝日は後ろを振り返りながら、もう、いいよぅ、と小声でつぶやいた。なぜだか朝日にむちゃくちゃにいじわるしてやりたい気持ちがわいてきて、僕は朝日をそこに残し、一人で沖に進んだ。

僕と朝日の距離は十メートルくらい開いていただろうか。僕はゴーグルを外し、振り返って朝日を見た。その顔を見てはっとした。最初にこの海岸で会ったときの、たえさんみたいな顔をしていたからだ。

朝日にそんな顔をさせたのは僕だ。ばあちゃんの家に来たいと何度もＬＩＮＥやメールを送ってきたときから、薄々感じていたことだ。それにまるで気がつかないふりをして、朝日にいじわるをして、朝日にあんな顔をさせている。急に海水の温度が下がったように感じた。見上げると、さっきまであんなに晴れていた空も雲行きが怪しい。波もなんだか荒くなってきたような気がする。

僕はクロールで朝日のところまで戻り、こっちを向いている朝日の浮き輪の向きを変え、それを押しながら、岸に向かって泳ぎだした。その間、朝日の首のあたりに浮かんだ背骨の出っ張りをずっと見ていた。

「なんか降りそうだから」

朝日にそう声をかけると、前を向いたまま、子どものようにこくり、と頷《うなず》いた。

「晴れていたら、龍宮窟に行けたのにねぇ」

雨でびしょ濡れになって家に戻った僕と朝日に、乾いたタオルを渡しながら、ばあちゃんが言った。

「でもほら、庭で、これくらいはできるでしょ」

そう言って、ばあちゃんは玄関の靴箱に置いてあった花火の袋を僕と朝日に見せた。

「さっき、相川さんところのたえちゃんがね、たくさん買ったから、って。歩くんの象のおもちゃ取りに来たときに、海岸のそばで朝日ちゃんと真を見かけたんだって、気を遣ってねぇ、あの子……」

たえさん。たえさんに朝日は僕のガールフレンドかなんかだと思われているだろうか。ばあちゃんの話を聞いてまず思ったことはそれだった。もし、そう思われていたら。僕の頭の中がぐるぐるし始める。たえさんがそう思うのは自然なことだ。そう思いながら、僕はさっきの海での様子とはまったくトーンの違う朝日の声を聞いていた。

夕食を終えて、ばあちゃんに着せてもらった朝顔柄の浴衣姿で、朝日がはしゃいでいる。水着姿も浴衣姿も朝日にはとても似合っている。十人の男が見れば、十人ともかわいいと興奮するくらいのかわいさだろう。けれど。

ばあちゃんもいっしょにやろうよ、と誘ったが、ばあちゃんは暑さに負けて少しだけ体がだるいから、と、玄関わきの和室で早々と横になった。ばあちゃんのその気の遣い方もほんの少し、僕を苛立たせる。ばあちゃんに罪はまったくないはずなのに。

雨が上がったばかりの庭は、むっとする草いきれに満ちていた。そこに夜風で吹き上げられた潮の香りがかすかに混じる。見上げると、グレイの濃淡の混じった雲が速いスピードで流れていく。虫の鳴き声も聞こえてきたが、それを聞くともう秋が来たようで、僕は無性に寂しくなった。朝日は無表情で花火のビニール袋を開けている。僕はじいちゃんの仏壇から持ってきた蠟燭を敷石の上に立て、そこにライターで火をつけた。

花火をするのはいつ以来だろう。この前、ばあちゃんの家に来たときにはしなかったような気がする。朝日は先端に紙のひらひらがついた花火を手に取り、火にかざした。火薬のにおい。僕の好きな夏のにおいのはずなのに、無表情というよりも、仏頂面をした朝日が目の前にいるせいか、心は躍らない。朝日は、花火を楽しんでいるというより、早く終わらせたいようで、花火に次々に火をつける。僕は花火がすっかり終わってしまうのが怖くて、手持ちぶさたに火のついた花火をぐるぐる回したりした。

「あのね……」

僕も朝日もどちらも花火を手にしていないときに朝日が口を開いた。僕の体が緊張していくのがわかる。暗闇に花火が終わったあとの白い煙だけが流れている。そして、残響みたいな虫の鳴き声。「わたし」朝日が僕のほうを見る。

「わたし、真が好きなのね。中学生の頃からずっと」声はかすかに震えているようだった。

うん、と声に出さずに僕は頷いた。

「真は……」朝日が唾をのみこむ音が聞こえた。

「真はわたしのこと……」

「ごめん……」

「好きな人とかいるの？　つきあってる人とか？」

「……つきあってる人はいない。だけど……」頭に浮かんだのはあの人の顔だった。歩くんを抱えて泣きそうな顔をしたあの人。たえさん。

「好きな、……気になる人はいるんだ？」

そう言いながら朝日がそのましゃがみこんだので、倒れるのかと思った。

「水着着たわたし、かわいかった？」

朝日が顔を上げて聞く。うん、と僕は頷く。

「浴衣着てるわたしもかわいいでしょ」もう一度、僕は頷く。

「それでもだめなんだ？」

「朝日は、僕の、大事な、幼なじみだ」自分の口から出てくる言葉が残酷だと思った。けれど、嘘はつけない。

朝日は線香花火の束を手にすると、それをそのまま蠟燭の火に近づけた。一本にすれば、小さな火球になるはずのそれは、束になると、その分だけでかくなる。ぱちぱちと音を立て、枝のような光りを四方に放って、あっという間に、地面にぽとりと落ちた。

朝日は手のひらで顔を覆った。泣いているように頭と肩が動いたが、泣き声は聞こえなかった。寝ているばあちゃんに気を遣ったのかもしれなかった。

「ごめん……」そう言葉をかけながら、朝日と同じ目に自分もいつか遭うのだと僕は確信したのだった。いつか、そう遠くはない日に。

「また、いつでも、おいでね」

来たときと同じように、朝日とばあちゃんは改札口で熱い抱擁をかわし、朝日は改札口に入ると、片手を上げて、頭を下げ、プラットフォームの人ごみのなかに消えていった。朝日の顔はすこしむくんではいたが、目が赤いとか、腫れているとか、そういうことはまったくなかった。朝食のときだって、ばあちゃんと明るい声をあげながら、あれこれと作業をしていた。けれど、昨日の花火以来、朝日は僕の顔を一度も見なかった。朝食のときも、そして今も。朝日が乗る電車は、海が見えるほうの席だったらいいのにな、と僕はそれだけを思った。

ばあちゃんの車に乗り家に帰った。玄関先、イスノキの陰に誰かが立っている。車が近づくと顔が見えた。たえさんだった。僕の胸がどきりとする。

「これ、母が鰯をたくさんもらったらしくて」そう言いながら、たえさんは白い重そうなビニール袋をばあちゃんに手渡そうとした。

「あら、こんなに、そんなにいいのよ」と言いかけた瞬間、ばあちゃんの体が揺れた。地面に倒れそうになったところで僕が抱きかかえたから、地面に頭を打つことはなかったが、僕の胸のあたりに倒れ込んだばあちゃんの体は、力が抜けて、ぐんにゃりしている。

「ばあちゃん！　ばあちゃん！」僕は何度も叫んだ。

「頭を動かしたらだめ、ここに横に寝かせて」

いつも泣きそうな顔をしているたえさんが、はっきりとした声でそう言ったので、僕は頷くことしかできなかった。救急車はたえさんが呼んでくれた。僕は、救急車が来るまで、手のひらでばあちゃんの顔のあたりに影を作ることしかできなかった。

「軽い熱中症だそうよ。すぐ良くなるから。脳のほうにもなんの問題もないって」

たえさんは、ばあちゃんの検査が終わるのを病院の廊下で立ったまま待っていた僕にそう言った。そう言われた瞬間、予期せず、僕の目に涙が浮かんだ。ばあちゃんがこのまま死んでしまうかもしれない、と思っていたからだ。恥ずかしくてTシャツの袖でぐいっと、涙を拭き俯いた。

「びっくりしたでしょう。……でも、大丈夫なのよ」

たえさんが僕の腕をつかんでそう言った。子どもに言うように。たえさんの声は優しかった。できれば、このまま、たえさんに抱きついて声をあげて泣きたかった。子どもみたいに。無邪気なふりをして。

「……すみません、いろいろ……」

やっとの思いでそう言うと、たえさんは僕の腕をさすった。

「二、三日入院すればすぐによくなるらしいから。大丈夫よ」

そう言って、たえさんは笑った。その笑顔は僕の心にくっきりと刻みつけられた。いつも泣いたような顔をしているたえさんとはまったく違う、力強くてやさしい、女の人の笑顔だった。

たえさんは、そのまま帰って行った。

病室に入ると、ばあちゃんが僕の顔を見て片腕を上げた。反対の手には点滴の針が刺さっている。細かい皺の寄った腕や手は、間近に見ると、やはり老人のもので、ふだんは元気すぎるばあちゃんが予想以上に年齢を重ねていることを、僕は改めて感じたのだった。

「京都には電話しないでね。あの子、心配して飛んでくるだろうから」

わかった、と言いながら、僕はばあちゃんのベッドのわきにある丸い椅子に腰掛けた。

「たえちゃんが救急車呼んでくれたんだってね。真、びっくりさせてごめんね」

ううん、と僕は声に出さずに首を横に振った。

それから、ばあちゃんは冷蔵庫に入っているものをひとつひとつ挙げ、それをどうやって食べたらいいのか、僕に説明しようとしたが、大丈夫だから、一人でも大丈夫だから、と僕はばあちゃんの言葉を遮った。

「じいちゃんのところに行っちゃうかと思ったわ」

そういうこと言うなよ、と言いたかったが、黙ったまま、僕はばあちゃんの首元の布団を直した。そうしながら、僕はいつかばあちゃんに聞きたかったことを聞いた。

「ばあちゃんとじいちゃんって恋愛結婚?」

「……違うわよ。親戚の誰かが持ってきた見合い写真を見て、一回だけ会って、それで結婚して、子ども産んで」

ばあちゃんは点滴の刺さっていないほうの手で、額にかかった髪の毛を頭のほうになでつけた。

「相手のことなんて何にも知らずに結婚したけれど、じいちゃんは凶でも外れでもなかったね」そう言ってふふっ、と笑った。

「何よいきなり。真もそういうことが気になる年になったか」

そう言ってまた、笑った。


ばあちゃんが入院している間は、海に行く気持ちにもなれず、一人でいるのも心細く、僕はばあちゃんの家を徹底的に掃除した。床に散らばっている新聞紙を束ねて紐でくくり、乾いたまま山になっているタオルや洋服を畳んだ。台所の床や廊下や縁側を雑巾で磨き、窓ガラスを拭き、風呂場の黴を取り、消えたままになっていた廊下の照明の電球を替えた。洗濯ものを干し、自分で作った簡単な昼飯を食べてから、病院に向かった。ばあちゃんの顔色はどんどん良くなっていった。

明日、退院するという日、ばあちゃんのベッドのそばに座っていると、カーテンがそっと開かれ、たえさんが顔を出した。僕が立ち上がろうとすると、たえさんは僕をそっと手で制して立ったまま言った。

「明日、東京に帰ります」「夫が迎えに来ると」

「そう……。それは良かったわ」ばあちゃんはうれしそうに言った。

僕はジュースを買ってくる、と言って、たえさんに頭を下げて病室を出た。

たえさんが、明日、いなくなる。

僕は廊下に出て、窓の外がじわじわと夕暮れのオレンジに染まっていくのを見ていた。明日、たえさんが東京に帰ってしまうということは、もう二度と会えなくなるということだ。そう思うと、胸のどこかがつねられたように痛い。

しばらくすると、たえさんが病室から出てきた。

「ちょっと待っててください」と僕は言い、病室のばあちゃんに、明日の退院時間に迎えに来るから、と告げた。ばあちゃんはなぜだか、さっ、と目尻をぬぐい、

「待ってるからね」とだけ言った。

「僕も帰ります」そう言って、僕とたえさんはいっしょに病院を出た。

外の空気は、僕がばあちゃんの家に来たときよりずっと涼しくなっていた。僕はたえさんと並んで歩いた。ここから家までは、海岸沿いの国道を歩いて、坂道を上って十五

分くらいだろうか。僕はなんとかしてその時間を延ばしたかった。横に並んだたえさんの頭は僕の肩くらいにある。ふと目をやると、たえさんが手に提げた小さな赤いかごのバッグの中に、細々としたものがたくさん入っているのが見えた。この人が生きていくのに必要なもの。誰かの妻として、そして、歩くんの母親として。

「あの、歩くんは……」

「うん。母がみているの。もう、私なんかよりずっとおばあちゃん、おばあちゃん。明日はきっと、泣くと思う」

国道にはテールランプを灯した車が列をなしていた。国道沿いの海岸には、もう誰もいない。空はオレンジから紫に変わり、もうすっかり夜の気配を漂わせている。

「ねぇ、真くん、龍宮窟にちょっと行ってみない？」

そう言って、たえさんは僕の返事も聞かずに、停まったままの車の間をすり抜け、海岸のほうに歩いていこうとする。僕もその後ろについて行った。真くん。たえさんに名前を呼ばれたのは初めてじゃなかったろうか。

「こんなに長くいたのに歩がいるでしょう。一回も泳げなかったの。龍宮窟に行くのも怖がってね……」

たえさんの口調は軽やかだ。やはり明日、東京に戻ることで、たえさんのどこかが軽くなっているのかもしれない、と僕は思う。僕の知らない何かが解決されたのだ。僕の知らないどこかで。僕の知らない人とのトラブルが。

　暗くなった海岸を少し歩いて、龍宮窟に向かう階段を手探りでゆっくり降りていく。僕が先に歩き、たえさんに手を貸した。このあたりではカップルのデートコースとして有名な場所だが、今日は僕とたえさん以外に人はいなかった。目の前に海に繋がる大きな穴があり、そこから波が入ってくる。たえさんは波がやってこない石の上に座った。僕も少し距離を置いて腰を下ろした。ただ黙って二人、波が寄せては返す音を聞いていた。

「高校生のとき、初めてできた彼氏と来たことがあるのよ。……真くん、この前の彼女と来た？　あの子、すごいかわいいねぇ」

　たえさんが前を向いたまま言った。彼女とは誰だろうと一瞬思ったが、朝日のことか、と思い、僕は首を振りながら言った。

「彼女ではなく、幼なじみです。ただの……」

　僕はそのとき、朝日の首のうしろにある背骨の突起を思い出していた。朝日から、あの日以来、何も連絡はない。僕と朝日はもう二度と昔のように話すことができないような気もした。僕は朝日を傷つけた。今度は……。

「あそこに見える星、あれってアンタレス？」

　たえさんは急に空を見上げ、指を差して言った。東の空に強く光る星が見えた。銀紙のような光を放っている。

「あぁ、……あれは、アルタイルです。わし座の。アンタレスは南のほうに見える赤い星ですね……蠍座の、ここからだと、よく見えないけれど」

星のことなら、ここに来るたび、父さんから何度も説明された。

夏の夜空に浮かぶ三つの星を結ぶとできる大きな三角形のこと。そのひとつが銀色のアルタイル。南の空の低いところに赤く輝く星がアンタレス。

「真くん、くわしいんだね」

得意げになって説明しているように思われて、僕は俯いて首を横に振った。

「わたしは蠍座なの。蠍座は嫉妬深くて執念深いらしいね」

そう言って、たえさんは息を吐くように笑った。

「僕は獅子座です」

「そう、夏の生まれね、だから」「たえさん……」

たえさんが僕のほうを向いた。暗いからその表情はわからない。

「僕はたえさんのことが好きです」

そう言うにはものすごく勇気が必要だった。けれど一気に言ってしまった。できれば、波の音に紛れて、たえさんの耳に届かなければいいとさえ思った。けれど、朝日を傷つけた僕はきちんと伝えるべきだ。

「ありがとう……」

たえさんはただそれだけ言った。

僕とたえさんの前には、波でくりぬかれた岩の向こうに海があり、僕とたえさんの上には星空があった。ただそれだけだった。しばらくの間、僕とたえさんは黙ったままでいた。

そして、たえさんが、「もう、帰るね」と小さな声で言った。突然にそんなことを言った僕を怖がったのかもしれなかった。僕は石の上に座ったまま、しばらくの間、そこにいた。たえさんが階段を上がっていく音が聞こえて、そして、いつの間にか聞こえなくなった。


翌日の午前中、ばあちゃんを病室に迎えに行くと、そこに相川さんがいた。ばあちゃんは洋服に着替え、荷物をまとめるのを相川さんが手伝っていた。

「元気になってほんとうに良かった。真ちゃんもびっくりしたでしょう」

はい、と言いながら、相川さんの横にもういない、たえさんを思った。多分、今朝早く、東京に帰ったのだろう、と。結婚している人が迎えに来て、たえさんは東京に帰って行った。結婚している人と、その子どもといっしょに。

東京のどこかへ。僕の知らないどこかへ。

家に帰ったばあちゃんは、綺麗になった家の中を見て驚き、「ほんとうに心配かけてごめんね真」と言いながら、僕を抱きしめた。

「真はまた、大きくなったような気がするわ」と泣きそうな声で言った。

僕が茹でた素麺と相川さんが手渡してくれた魚の煮付けを食べたばあちゃんは、僕が敷いた布団に横になり、

「泳いでおいで真。もう夏も終わってしまうから」と言った。

僕は自分で魔法瓶に麦茶を入れ、海に続く坂道を降りていった。

僕が来なかった三日間、海岸は素知らぬ顔で、すでに秋の気配をまとっていた。夏から秋へ、まるで洋服を着替えるように。じりじりと腕を焦がした太陽の力も弱くなっている。やる気を見せろよ、まだ八月だろう。僕は心のなかで太陽に毒づく。

海岸には、家族連れが何人かいたが、波打ち際で遊ぶ人やサンドスキーをする人ばかりで、海で泳いでいる人は誰もいない。もう、海月が出るようになったからだろう。

僕はTシャツを脱ぎ、ビーチサンダルを脱いで、海に向かって走って行った。行けるところまで、クロールで全力で泳いだ。途中、どろりとした何かが足の間を移動していくのを感じた。刺すなら刺せよ。沖でぽかり、と僕は仰向けになって浮かんだ。ばあちゃんの家に来て、最初に泳いだあの日のような、解放感はもうどこにもなかった。むしろ、海に浮かんでいるのに重力のようなものを僕は感じていた。

十六、十七、十八と、年を重ねるにつれ、その重力は重くなっていくだろう、という予感があった。浴衣姿の朝日を思い、銀紙色のアルタイルをアンタレスと間違えた、たえさんを思った。あの人のことが好きだった。そして、僕は息を止め、行けるところまで深く潜っていった。

真珠星スピカ

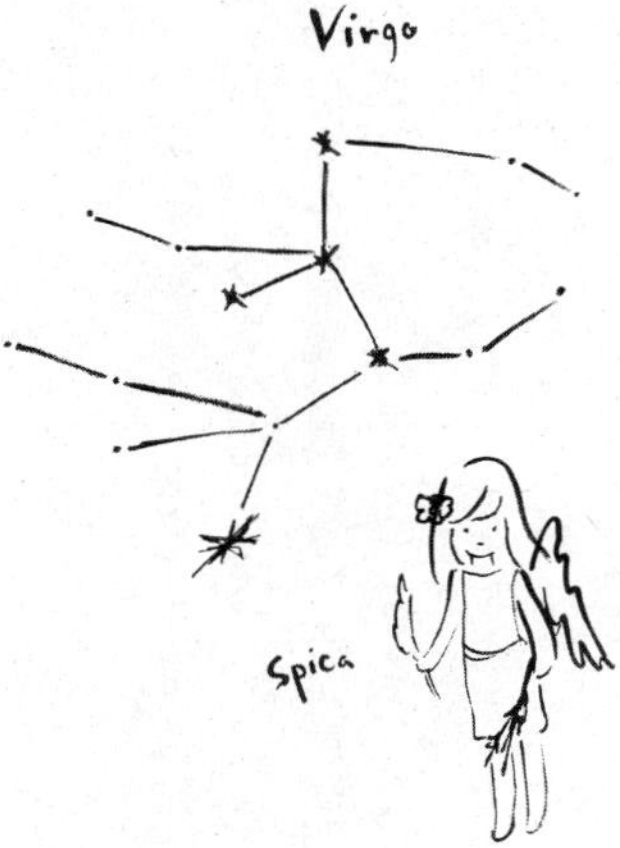

朝、起きて一階に下りていくと、母さんがダイニングテーブルに座っていた。私の顔を見てかすかに微笑《ほほえ》む。物音がしないから父さんはまだ寝ているはず。私は母さんに、「おはよう」と声に出して言う。母さんの口元は動いているが声は聞こえない。幽霊、というか、亡くなった人は話すことができないのだ、ということがわかったのは、死んだ母さんが私の前に現れるようになってからだ。

エプロンをつけて朝食を作り始める。母さんは私の横に立って（なんとなく幽霊には足がないもの、と思い込んでいたけれど、母さんにはちゃんと足があって見覚えのあるソックスをはいている）心配そうに私のすることを見ている。

だし汁がぐつぐつと煮立った小鍋にお玉で直接すくった味噌を入れようとすると、母さんは怒ったような顔をしてガス台を指差す。

「あ、そうだった。お味噌は火を消してから」

そう言うと、母さんが頷《うなず》いてまた笑う。二階から父さんが降りてくる音がする。しーっとくちびるに指をあてて、私と母さんは微笑みあう。寝癖を盛大につけたパジャマ姿の父さんは、

「みちる、さっき何かしゃべっていたか？」と眠そうな声で言う。

「ううん、ひとりごと」

「そういうとこ、母さんに似てくるなあ」

と言った瞬間に父さんはしまった、という顔をして、洗面所のほうに行ってしまった。母さんとまた顔を見合わす。母さんがほんの少しだけ悲しそうな顔をしたような気がした。

父さんと食べる朝食にはほとんど会話がない。食事時にこんなふうに沈黙が続くようになったのも母さんが死んでからだ。父さんと私との間をつなぐ母さんのおしゃべりがなくなったせい。父さんは新聞に目を落としたまま私が焦がしてしまった卵焼きを箸でつまむ。私は音を立てないようにお味噌汁を飲む。母さんはいつも母さんが座っていた席で私と父さんが食事をするのを穏やかな笑みを浮かべて見ている。ちちちち、と庭から鳥の鳴く声がする。いくら幽霊の母さんがそばにいるとはいえ、父さんと二人だけの食事はやっぱり気詰まりだ。生きている母さんがいない。そう思うと、胸の奥を蟻に嚙

まれたような痛みが走る。母さんがまるでその痛みに気づいたように、私の手に触れる。私は母さんの顔を見る。母さんが頷く。私も頷く。新聞に目を落としたままの父さんはそんなことには気づかない。

沈黙の朝食を終えて、「行ってきます、火の元と戸締まりだけは気をつけてな」とだけ言って父さんは慌てて家を出て行った。父さんの頭には寝癖がついたままだったが、教えてやるもんか、と思った。私はシンクに食器を置いて、水につけ、洗面所で身支度をした。そんな私を母さんはただ黙って見ている。

母さんがここ、というように私の髪の毛を指差す。父さんと同じように寝癖がひどくついている。私は思わず笑ってしまい、寝癖取りを盛大にスプレーして、ブラシで乱暴にとかす。私の髪の毛がはねていようと学校で誰かが気にするわけでもないんだけど。そう思いながらも、なんとか寝癖を直した。

居間には母さんの遺骨と白い布のかけられた小さな祭壇がある。目にするたびに、その遺骨の箱の大きさにびっくりしてしまう。夏休みになったら、父さんの故郷のお墓に納骨するらしい。花瓶の水を替え、お線香はもう家を出てしまうからやめにして、鈴《りん》だけを鳴らした。その様子を母さんはただ黙って見ている。

居間のカーテンを閉める。居間が薄暗くなると、母さんの体はなんだか少し濃くなる。太陽の光が当たると、母さんの体そのものや輪郭がぼんやりとしてしまう。まるでオーロラみたいに。あんまり強い光に当たると、このまま消えてしまうのでは、という不安にかられる。

実際に母さんの姿が見えなくなってしまったことがあった。それは私が学校でいじめられて、ひどく落ち込んでいるとき。そういうときにこそ、母さんにいてほしいのに、母さんはどこかに行ってしまう。どこか、は知らない。けれど、落ち込んでばかりもいられない。ご飯を作らなくちゃ、と思って下に降りていくと、母さんがにこにこ笑いながらダイニングテーブルのいつもの席に座っている。

母さん、と思わず抱きついてみても、そこにはただ、空気があるだけなのだ。実体のある体があるわけではない。けれど、見上げると、母さんが微笑んでいる。

最初は母さんがいなくなったショックで頭がおかしくなったのかな、と思った。あと、学校でいじめられているから。そういう私にとっては悲しいことが重なって、母さんの幻が見えるようになったんじゃないか、と。けれど、私の頭はおかしくなっていない、はず。保健室登校だけれど学校には毎日行っているし、保健室の三輪《みわ》先生に、そんなことを指摘されたこともない。学校の成績だって中の上を保っている。仕事に忙しい父さんは私の変化になんて気づかないけれど、なんとか、日常生活は送れているのだ。大丈夫、大丈夫。母さんの幽霊が見えるようになっただけ。ただ、それだけ。私は玄関で靴を履く。母さんが手を振る。母さんは家の外には出ることがない。

家を出るときは少し緊張する。今日もまた、いじめられるのかなあ、と思うし、通学路のそばには母さんが事故に遭《あ》った場所がある。その道を通らないように遠回りして私は学校に向かう。同じ制服を着た生徒たちとすれ違う。きゅっと私の体が緊張する。学校ってなんのために行くのかなあ、と毎朝思うけれど、大好きな三輪先生には会いたいのでよっぽどのことがない限り、私は学校を休まない。保健室登校でも休まずに行ったら皆勤賞がもらえるのかな。

母さんが交通事故で亡くなったのは二カ月前、長すぎる連休が終わったばかりの頃だった。午後三時過ぎだったか、保健室に連絡が来た。私の隣の家に住む尚《なお》ちゃん（今は私の担任だから、学校では船瀬《ふなせ》先生と呼んでいるけれど）がすぐに救急病院に行こう、と慌てて駆け込んできた。尚ちゃんが呼んでくれたタクシーに乗って私は隣町の救急病院に向かった。母さんが事故に巻き込まれたらしいと尚ちゃんが落ち着いた声で言ったけれど、尚ちゃんもそれ以上のことはわからないみたいだった。それでも病院に着いたら、霊安室に案内されたので、ああ、母さん、死んだのか、と思った。母さんは白い布を顔にかけられて寝かされている。だけど、怖くてその布をとることはできなかった。霊安室はひんやりしていて、お線香のにおいがしみついていた。今日、母さん、私が好きな硬いプリン作ってくれる、って言ったのに。もうあのプリンは食べられないのか、と思ったら急に悲しくなってきたけれど涙が出ない。

しばらくして父さんも青い顔でやってきた。父さんは来るなり母さんの顔の上の布をとろうとして看護師さんに「お顔の損傷がひどいので」と止められた。それでも父さんは布をとった。私はぎゅっと目をつぶった。父さんの体の奥から絞り出すような泣き声を聞いて、その声のほうが怖かった。まるで、獣みたいに、父さんは床にくずれ落ちて泣いた。

お通夜もお葬式もなんだかよくわからないまま、ベルトコンベヤーに載せられているみたいに進んでいった。同級生やそのお父さんやお母さんが来て、私の手をとり、泣きながら「がんばってね」と言ったけれど、何をがんばればいいのかわからなかった。

しばらくの間は尚ちゃんのお母さんがおかずを三度、三度届けてくれたけれど、いつまでもお世話になっているわけにもいかない。父さんも何回かは料理に挑戦してくれたけれど、ウスターソースの味しかしないカレーライスとか、真っ黒焦げのトンカツとか、一口飲んだら血圧が上がりそうなお味噌汁とか、それはもうひどいものだった。私は部活にも入っていないから、時間がある。図書室で『お料理一年生』という本を見ていたら、中学一年の私にもできそうな気がした。

「朝ご飯と夕ご飯は作るよ。だけど、掃除は父さんがやってよね」

そう言うと父さんはほっとした顔を見せた。

『お料理一年生』にはだしの取り方から書いてあった。母さんはデザート作りには情熱があったけれど、料理が特別上手だった、わけではないと思う。そもそも、母さんがだしをとっていたところなんて見たことがない。顆粒のだしの素をぱらぱら振っているのをみたことがあるし。それでもやってみっか、と思ったのは私には放課後遊ぶ友だちもなく、帰宅部で、塾もなく、暇だったからだ。

調理実習以外では野菜すら満足に切ったことがなかったから、最初はうまくはいかなかった。いたっ、あちっ、と言いながら、二時間かけて煮崩れてシチューみたいになった肉じゃがを作ったりした。母さんは（正確には母さんの幽霊は）そんな私を黙って見ていて、危ないときには、目で訴えたりする。料理をしているとき、母さんはいつも私のそばにいてくれる。だから、私は一人で料理をしていても、父さんの帰りが遅いので、一人で夕ご飯を食べていても寂しくはなかった。

学校について下駄箱の上履きを履こうとすると、赤いマジックで「狐女」と書かれていた。ワンパターンだなあ、と思いながら、私はふっと息を吐いて上履きをはく。私は教室のある二階には上がらず、一階の職員室の前を通り過ぎて、保健室に向かう。確かに私の目は細く、少しつり上がっていると思う。だから狐女かあ、タンラクテキ……。漢字には書けないけれど、そう思った。

中学生になってすぐ、私は小学二年生のときまで生まれ育ったこの町に戻ってきた。

その前までは父の転勤で二年ごとに日本の地方の町で暮らした。私がいなかった四年の間にこの小さな町は様変わりしていた。みんなで行った駄菓子屋もマックもなくなっていたし、駅前には高級なスーパーができたりしている。

仲の良かった友だちはみんな中学受験をして私立に行っていた。公立に残ったのはアホとカスばっか。転校初日に尚ちゃんに促されるまま、黒板の前で自己紹介しながら私は思った。そういう言葉を口に出したわけではないのに、気持ちはどこかにじみ出てしまうのか、転校早々から私はアホとカスに目をつけられ、いじめの標的になった。いじめに遭うなんて生まれて初めてのことだったけど、いじめられる毎日を過ごしていると、ああ、これは予想以上にしんどいことだぞ、と私は思った。

教科書に落書きをされる、ゴミ箱に捨てられるなんて日常茶飯事で、体操服が藻で緑色になったプールにぷかぷかと浮かんでいることもあった。私は携帯を持っていないけれど、SNSやLINEグループで私の悪口が溢れかえっているのは易々《やすやす》と想像できた。

あんまりひどい目に遭うと、ショックだけれど、私は泣いたり怒ったりはしなかった。子どもの頃からそうだ。私はあんまり泣かない子どもだった。喜怒哀楽をそのままストレートに出すことが恥ずかしい。クラスメートが喧嘩をして大泣きしたり、同じ遠足のグループになったからといってジャンプして喜んだり、ちょっとぶつかったからといって腕を振り上げて怒るなんて、恥ずかしいことだとずっと思っていた。そういう友だちを見ると動物みたい、と思った。

けれど、そういう私の態度がいじめているクラスメートをさらにいらいらさせていると気づいたのは、いじめが始まってからしばらく経った頃だった。

担任の尚ちゃんはもちろん私がいじめに遭っていることに気づいていた。ホームルームでそういうことが議題になることもあった。だけど、私からしてみれば、やめてほしい、という気持ちがあるだけだった。私が尚ちゃんの隣に住んでいることは、いつからか、どこからかみんなが知っていたし、尚ちゃんと私が廊下で話していると、ひゅーひゅーと下卑《げび》た声をかけられたりもした。この中学に入ってわかったことだけれど、尚ちゃんは女子生徒に意外に人気があるのだ。私にはまったく理解不能だけれど。だから、そういう人気のある先生に、いじめられているからといって目をかけられている私は、やっぱりさらにいじめられるのだった。いじめは尚ちゃんの目の届かないところで行われたし、いじめが発覚したあとだって、私がやりました、なんて、素直に言う生徒がいるわけがない。学校生活の日陰みたいなところにいじめが存在するのだ。いじめをする生徒は蛇みたいなものだ。日陰にいる蛇が、こいつならいじめてもいい、という小動物を狙っているのだ。今回はそれが私だったというわけ。

私はとりわけ成績がいいわけでもないし、学校ではほとんどしゃべらないし、まるで空気みたいに毎日を過ごしていた。けれど、転校生で人気のある先生、尚ちゃんの隣に住んでいて、目が細くてつり上がっているから……。と考えても仕方のないことだとわかっていても、自分がいじめられる理由を考え始めると、眠れなくなった。目を閉じるのに一向に眠りは訪れない。寝室のカーテンが明るくなっても私は一睡もすることができず、それでも制服に着替えて学校に向かった。

そんな日が転校してから十日くらい続いたある日のこと、学校の門をくぐったところで私の足は一歩も前に進まなくなった。門の両脇には、マゼンタ色の薔薇《ばら》が風に揺られている。私はひどく汗をかいていた。脂汗《あぶらあせ》、という言葉は知っていたけれど、脂汗をかいたのはその日が初めてだった。体の芯がかっと熱くなって体中の表面がぬるぬるする。そのうちにむかむかと吐き気がこみ上げてきた。始業のベルが鳴っているのに、そこから一歩も動こうとしない私を、遅刻ギリギリで駆けてきた生徒たちが不思議そうな目で見た。同じクラスの子たちもいた。大丈夫？　と言われたかったわけではないけれど、くすくす笑って歩いて行ってしまった。そのうちに目の前がくらくらして、真っ暗になって目の端に小さな光がちかちかとし、私はその場にしゃがみこんでしまった。吐きたい、と思ったけれど、必死に頑張った。

「おーい、みちる！」

なんでこういうときに名前で呼ぶかなあ（またいじめられる）、と思ったけれど、真っ青な顔で駆け寄ってきた尚ちゃんの声を聞いたら、ちょっと安心した。尚ちゃんは私を背中におぶってくれた。安心したせいなのか、尚ちゃんの背中に盛大に吐いてしまった。

「尚ちゃん、ごめん……」と言ったけれど、吐くことは止められなかった。

「いいから全部吐いちゃいな」

そう言う尚ちゃんと私の姿を教室の窓からみんなが見ていた。(あーまたこのことでいじめられるのかあ)と思ったら、吐いたせいではなくて目の端に涙がちょっと浮かんだ。

校門から先に歩けない、という日々が一週間ほど続いて、私は教室ではなく保健室に登校することになった。朝、校門まで行くと尚ちゃんが待っていてくれて、おんぶして保健室まで連れて行ってくれる。そうでもしないことには私の足は動かないのだった。保健室の三輪先生は尚ちゃんを見ると、ちょっと顔を赤らめた。

「しばらくここで勉強して、来られるようになったら教室においで」

と尚ちゃんに言われて、ぶわっと涙が湧いた。そういうことはもっと早く言ってよーと思った。

私は三輪先生の机の前に座り、時間割通りに教科書を広げ、先生があらかじめ用意してくれたプリントの問題を解いたりして過ごした。

「そんなにまじめにしなくても大丈夫だよ。休みながらね。具合が悪くなったらベッドで寝てもいいんだから」

と三輪先生は言ってくれ、私以外の生徒がいないときには、苺味の飴を引き出しから出してくれたりもした。夜は相変わらずあんまり眠れていなかったから、教科書を広げているとすぐに眠気がやってきた。

「先生、……すこし横になってもいいですか？」

「もちろん。どうぞどうぞ」と三輪先生は笑った。

保健室のベッドはシーツも掛け布団も真っ白で、家の布団とはまったく違う消毒液のようなにおいがした。三輪先生がベッドとベッドの境にある白いカーテンを引いてくれる。制服のまま、靴下を履いたまま、布団に入るのが少し不思議な気もした。開け放った窓からは音楽室の合唱の声や体育館でバスケットボールをドリブルする音が聞こえてくる。私はそんな声を聞きながらすぐに眠ってしまった。自分の部屋の布団では決して訪れない深い深い眠り。生温かい沼にひきずり込まれるような眠りだった。登校してから帰るまで半日眠り続けていたこともある。ある日、三輪先生が聞いた。

「佐倉《さくら》さん、夜、おうちで、ちゃんと眠れてる？」

はい、と答えたものの見抜かれた、と思った。

保健室に登校し始めたのは母さんが亡くなる半月前のことだ。学校でいじめられている、ということは母さんには話さなかった。話せなかった。父さんには話そうにも、仕事で帰りが遅くて顔を合わすこともない。けれど、母さんは知っていたと思う。汚された上履きや体操服は母さんの目に付く前に自分でなんとか綺麗にしようとしたけれど、あんまり綺麗にはならなかった。それでも月曜日には、母さんは真っ白になった上履きと体操服を持たせてくれた。それに尚ちゃんが母さんに話さないわけがない。けれど、母さんは何も言わなかった。保健室登校のことなど何も言わず、毎日、素知らぬ顔で私に朝食を作り（ほとんど口にすることはできなかったけれど）、学校に送り出してくれた。そんな日々が続くなか、母さんは死んだ。酔っ払い運転のワンボックスカーに轢《ひ》かれて。

母さんが亡くなってもなぜだか泣けない日々が続いて、私は眠れないときは二階の物干し台に出て、夜空を見るようになった。ほかにすることもなかったからだ。灰色の雲が流れていくだけで星なんて見えない。遠くのほうにゴミ焼却場の白い煙突が見えて、その側面にくっついている赤い灯りがちかちかと点滅するのを私はただ黙って見ていた。ある日、ふいに腕のあたりにあたたかさを感じた。ひんやりとした夜の空気のなかに、誰かが思いきり息を吐いたかのようだった。父さんかな、と思って横を見ると母さんがいた。母さんが私の隣で体育座りをして空を見ている。私は目を指でこすった。いじめとか、母さんの死がつらくて、ついに自分の心が壊れたのだと思った。母さんの体は透けていた。母さんの体の輪郭だけがうっすらと七色に光り、その線が薄くなったり濃くなったりする。私は母さんの正面にまわり、母さんの顔を見た。怖かったけれど、まず確かめたかったのはそのことだった。損傷、なんて、どこにもなかった。私があの日、登校前に最後に見た母さんの顔と変わりがなかった。

「母さん？」

私が聞くと、母さんはうん、と声を出さずに頷いた。

「ほんとうに母さん？」また頷く。

「母さんの幽霊？」

そう聞くと母さんは困った顔をしている。自分が幽霊かどうかわからないのだろうか。母さんは声を発しなかった。幽霊は声が出せない、なんて、私も知らなかった。

母さんは自分の腕を抱きしめるようにして寒そうに体を震わせる。

「え、母さん、寒いの？」

違う、というふうに首を振る。そして、私を指差す。そして、もう一度体を震わせるポーズをして私の部屋を指差す。

「私が、寒い？」

そう、と母さんは頷いて、両手を重ね、頬の下に置き、目を閉じる。まるでジェスチャーゲームだ。

「うん。もう寝るよ」

私が言うと、母さんはほっとしたように微笑んだ。その瞬間、母さんの姿は消え、私は思わず「ああっ」と声に出してしまった。慌てて部屋に入ると、ベッドの脇に母さんが立っている。私が布団に入ると、母さんは床に座って、私の頭を撫《な》でた。手の感触はない。けれど、母さんの手のぬくもりをかすかに感じたような気がした。目を閉じたものの胸がどきどきした。いつの間にか、私は深く眠っていた。保健室のベッドでもこれほど深くは眠れないだろう、と思うような深い深い眠りだった。この町に来てから、こんなによく眠ったのは初めてだった。

翌朝、目が覚めてすぐに母さんを探した。母さんは昨日のまま、ベッドのそばに座っていた。朝日を受けて、母さんの体は夜よりも薄くなってしまったような気がした。私は慌ててカーテンを閉め、部屋を暗くした。母さんが濃くなる。私は母さんの腰のあたりに抱きついた。でも、体は、ない。自分で自分の腕を握っていた。頭がおかしくなったせいで生まれた幻でも、幽霊でも、なんでもよかった。今、私の目の前には母さんがいる。見上げると、母さんが時計を指差している。学校には行け、ということか。と納得して、私はのろのろと制服に着替えた。

一階に下りて、顔を洗い、歯を磨き、エプロンをつけると、台所に母さんがいる。もっと大根を細く切ってとか、父さんの梅干しを出してあげてとか、そういうことを母さんは身振りで伝える。ひとつ気になっていたのは、父さんにも母さんの幽霊が見えるのか、ということだった。父さんはいつものように寝癖のついた頭で新聞を手にして、ダイニングテーブルの椅子に座る。母さんがそばに立っているのにまるで気がつかない。母さんは父さんのひどい寝癖を指差して笑った。私も父さんに気づかれないように笑った。

母さんに見守られながら、父さんと私は食事をすませ、それぞれに家を出た。母さんも学校に一緒に来てくれればいいのにな、と思ったけれど、どうやら、母さんは家の門の外には出られないようだった。門の内側にたって、手を振っている。私も手を振った。そうして、それから幽霊の母さんとの暮らしが始まった。

体が透明で強い光に当たると薄くなってしまって、話をすることができない。家の外には出られないけれど、家のなかなら瞬間移動することもできる。それが母さんという幽霊の実態だった。

保健室登校は相変わらず続いていたけれど、ある日、尚ちゃんが保健室に来て言った。

「帰りのホームルームだけ出てみる?」

私はしばらくの間、考えて、うん、と頷いた。

「無理しなくていいんだよ。佐倉さんが行きたくないなら行かなくても」

と三輪先生は言ってくれたけれど、私は「行きます」と答えた。いつまでも保健室登校のままでいいなんて私も思っていない。ホームルームだけなら、ほんの数分、教室にいるだけでいいんだから。私は心を決めて、尚ちゃんの後ろを歩き、教室に向かった。いちばん後ろの席に座る。いじめグループの主犯格、瀧澤《たきざわ》さんという女の子が私が席に着くと、振り返って私を見、ぎろりと目を光らせた。

緊張はしていたけれど、ほんの数分でいいんだ、と私は自分を納得させた。ホームルーム委員が何か話している間、尚ちゃんが私を見てうんうん、と頷く。それを瀧澤さんがめざとく見つけ、私をにらむ。尚ちゃんめ、もういい加減にしてくれよう、と思いながら、私はハンカチで額の汗を拭き、じっと座っていた。終わった頃にはぐったりとしてしまい、私は椅子から立ち上がれなくなった。尚ちゃんがそばにやって来る。立ち上がらないと、と思うのだけれど、足に力が入らない。

ん、と言って尚ちゃんは私の目の前でしゃがみ、背中を見せる。

「大丈夫ですよー」と言ってはみたものの声にも力が入らなかった。尚ちゃんは動かない。仕方なく、私は登校のときと同じように尚ちゃんにおんぶしてもらった。皆の視線が痛い。尚ちゃんの首のあたりに汗が玉のようになって光っている。男の人のにおいがした。ひゅーひゅー、とは言われなかったけれど、明日はまた、いじめられるな、と尚ちゃんのおんぶで教室を出ながら私は思った。

そうしてその予感は当たった。下駄箱を開けると、「船瀬先生に色目使ってんじゃねえぞ」と殴り書きされた紙が幾枚も入っていた。上履きには何回も洗ってやっと薄くなった「狐女」の文字の横に赤い太いマジックで「インラン女」(漢字が書けなかったらしい)と書かれていた。色目ってどんなふうに使うかわからないし、インラン女、でもないと思う。好きな人なんていないし。見た瞬間、わっと泣きたくなったけれど涙は出なかった。

尚ちゃんは先に職員室に行ってしまったので、私は「色目使ってんじゃねえぞ」という紙を素早く鞄に隠し、「インラン女」と書かれた上履きを履いて保健室に向かった。

いつもは保健室でもできるだけ眠らないように努力しているけれど、その日はすぐにベッドに入りたかった。

「先生、少し眠ってもいいですか?」と聞くと、

「もちろん」と三輪先生はいつものように笑う。

私がのろのろとベッドに入ると、三輪先生が上履きを揃えてくれた。

「あら、これ」

そう言いながら三輪先生が上履きを掲げる。眉間《みけん》に皺《しわ》を寄せて言った。

「ひどいねえ」

そう言われたら、鼻の奥がつんとした。ひどいよ、と私も思う。けれどその解決策が

わからない。

「船瀬先生に話す？」

「いいです」と即座に私は答えた。

尚ちゃんの耳に入ったら、尚ちゃんはすぐに誰がやったか問い詰めようとするだろう。そうしたら、私が尚ちゃんにちくったことがばれてしまう。尚ちゃんと私の距離が近い、ということで私はいじめられているのだから、いじめが止むことなんてない。ますますひどくなるだろう。私は黙ったままだったけれど、私が何を考えているか三輪先生はなんとなくわかったようだった。

「……船瀬先生って、ちょっと人の気持ちがわからない、というか」

三輪先生はそう言ってくすくす笑った。私にとっては笑い事ではないんだけれど、三輪先生と尚ちゃんに対して同じ気持ちを持てたのが私はうれしかった。伝わった、とも思った。

「今はまあ、言わないでおくね。よく眠ってね」

三輪先生はそう言うとカーテンを閉めた。開け放たれた窓から入ってくる風にカーテンが揺れる。その動きを見ていたらすぐに眠りの世界に引き込まれていった。

その日も人の気持ちがわからない尚ちゃんが保健室に迎えに来て、私は帰りのホームルームだけ出た。ほんとうのことを言えば、出たくはなかったが、少しずつ、教室にいる時間は増やしていきたかった。

「あ、いかん、プリントを忘れた。みんな、少し待っててな」

尚ちゃんはそう言って教室を出て行ってしまった。教室がざわざわとし始める。私はきゅっと緊張した。話しかけてくれる人もいないので、頬杖をついて、窓の外を見るともなしに見ていた。ふいに人の気配を感じて目をやると、目の前に瀧澤さんとその友人グループが立っている。ああ、直接なんか言われるーと胸がどきどきした。けれど、瀧澤さんが放った一言は予想外のものだった。

「この子のそばになんかいる」

瀧澤さんの声が予想外に大きかったので、皆が私のほうを見た。視線が痛い。見ないで、と心のなかで思ったけれど、もちろん無駄だった。

「まじでーーー」隣の男子が声をあげた。

「なんかいる。なんかついてる。なんか怖い」

瀧澤さんが私の頭の横のあたりを見ながら言う。

「瀧澤さん、霊感あるからなー」

「すごい、なんか見えるの？」

女子グループが次々に声を上げた。こういう女の子、って時々いる。霊感がある、とかいって皆の気を引いたり、修学旅行とかで注目を集めちゃう、ちょっと変わった子。

ばからしー、と思ったことが私の顔に出たのか、瀧澤さんは声を荒げた。

「佐倉さん、なんかついてる。のろわれている」

なんかついてる、としたら、それは母さんだよ、と言いそうになったが、そんなことを言ったら、とうとう私は頭のおかしい子、になってしまう。言われながら耐えた。どんな顔をしていいのかわからず黙って瀧澤さんを見ると、

「ぎゃあ、狐女ににらまれたー」と瀧澤さんたちは私の元から離れた。

「ほら！　静かに！　席について！」

プリントの束を抱えた尚ちゃんが叫ぶように言う。今、今、もう少し早く来てくれれば尚ちゃんにいじめの現場を見てもらえたのに。もうそういうところがどんくさい！と心のなかで思いながら、私は明日からはもっといじめがひどくなるんじゃないか、と小さな不安の棘《とげ》が胸のなかでちくちくと育つのを感じていた。

ホームルームが終わって、尚ちゃんはまた私をおんぶしようとしたけれど、私は、「大丈夫です」と断って一人で歩き出した。尚ちゃんが私の前を歩く。校門までいっしょにいってくれるらしい。廊下を歩いていると、尚ちゃんは中学二年生の教室にいきなり入っていった。背中越しに見ていると、四人の生徒が頭をつきあわせて何かやっている。

「ほら、もう部活の時間だろ。帰る人は帰る、部活の人は部活！」と突然声を荒げた。

生徒たちは字の通り、蜘蛛《くも》の子を散らすように鞄を手にして教室を出て行く。そのとき、ひらり、と一枚の紙が教室の床に落ちた。

「まーた、こっくりさんかあ」

紙をくしゃくしゃに丸めながら、尚ちゃんが怒ったように言う。

「こっくりさんて、何ですか？」学校ではいつもそうしているように、私は尚ちゃんに敬語で聞いた。

「みちるはそんなこと知らないでいいの」

こっちが敬語で話しているのに、尚ちゃんはみちる、と呼ぶ。

「船瀬先生、学校では、みちる、って呼ぶのやめてください」と思わず言うと、

「あっ、ごめん」と先生の顔でない尚ちゃんの顔で頭を掻いた。

こっくりさん、って何だろう。こっくりさん、という響きが頭に残った。家に帰ると、母さんが玄関の三和土《たたき》に立って迎えてくれた。慌てて手を洗って、父さんのパソコンを立ち上げた。母さんはそばにいたが、

「あのね、勉強のことだから、少し一人にしてね」

母さん（の幽霊）を閉め出して父さんの部屋に鍵をかけた。そんなことをしても母さんは部屋のなかに入ってこられるはずなんだけど、そういうプライバシーは尊重してくれるらしかった。こっくりさん、をWikipediaで調べてみた。

「日本では狐の霊を呼び出す行為（降霊術）と信じられている。机の上に、はい、いいえ、鳥居、男、女、0から9までの数字、五十音表を書いた紙を置き、その紙の上に硬貨を置いて参加者全員のひとさし指を添える。質問を口にすると、硬貨が動き出して、どんな質問にも答えてくれる」とあった。読み終わったとき、子どもだまし、という言葉と、瀧澤さんの顔が浮かんだ。自称霊感少女、瀧澤さんは多分、やっているだろう。狐の霊という言葉にも、自分が狐女と呼ばれていじめられているだけにげんなりした。

こんなのが流行《はや》っているんだ、と馬鹿にしたい気持ちと、じゃあ、私が毎日目にしている母さんの幽霊はなんなのか、という気持ちがまぜこぜになる。母さんの幽霊を目にして、この世の中には自分の予想もつかないことが起こるし、自分の知らない世界もある、とわかっているのに、こっくりさんなんてくだらない、という気持ちもわき上がる。だけど、こっくりさんに夢中になっている生徒たちと、家に帰れば、母さんの幽霊とにこにこと過ごしている私との間の線引きはどこにあるのだろう。

父さんの部屋を出て、私は下に降りた。ソファに座っていた母さんが私を見て微笑む。父さんには見えないけれど、私には見える。母さんの幽霊はほんものだ。私が手を洗ってエプロンをつけ、夕食の準備を始めようとするのを、母さんはにこにこと見ている。

じゃがいもを洗いながら私は隣の母さんに聞いた。

「母さんて、私についているの？」

母さんは笑っている。じゃがいもの皮を剝《む》きながら聞いた。

「母さんて、いつかいなくなってしまうの？」

母さんはただ、静かに笑っている。


「今日は天気がいいから、屋上で食べようか」

三輪先生にそう言われて、いつもは保健室で食べている給食を屋上で食べることになった。生徒は屋上に出ることができるが、給食を食べることなんてできない。いいのかなあと思いながら、私も給食のトレイを手にして屋上に上る階段を上がった。

天気がいいとか悪いとか、そんなことも母さんが死んでからどうでもよくなっていたけれど、少しはしゃいだような三輪先生の声に、天気のいい日には外で食事をするのは気持ちのいいことだった、と少し思い出した。

あまりにも日が強いので、給水塔の陰に隠れるようにして、給食のトレイを膝にのせ、三輪先生と並んで食べた。

ぶぶぶ、と何かが鳴る音がして、三輪先生が白衣のポケットからスマホを取り出す。

「あーめんどくさい、またメッセージだ」

私はいつもよりくだけた感じの三輪先生の声に何と応《こた》えていいかわからず、だまってコッペパンを口に運んだ。

「婚活アプリやってるんだけど、面倒臭い男がいてねえ」

そう言って三輪先生はふーとため息をついてスマホをポケットにしまう。先生もそんなことをするのか、と一瞬思ったが、先生がしていたっていいじゃないか、と思い直した。

「船瀬先生って、佐倉さんの隣に住んでいるんでしょう？」

口をもぐもぐさせながら三輪先生が聞いた。

「はい」私は慌ててパンを飲み下して答えた。

「彼女とかいる感じ？」

私はしばらく考えた。尚ちゃんの動向なんて気にしたことがないからわからないが、日曜日におしゃれをしてどこかに出かけてく尚ちゃんなんて見たことはない。花壇の水やりに庭に出ると、いつも尚ちゃんは自分の家の庭のビニールベッドに寝て何かを読んでいる。時々、上半身裸のままでいたりするので、私は声もかけずに家のなかに飛び込むのが常だった。

「いやあ、いないと思います……」

「だよねえ」そう言って三輪先生は軽く笑った。ちょっと馬鹿にした感じで。

「子どもの頃からああいう感じ？」

「うーん」と私は頭をめぐらせた。私と尚ちゃんが隣同士になったのは、私が小学一年生のときで、尚ちゃんはもう大学生だった。その頃から学校の先生になりたいと言っていて、私も時々、勉強を見てもらったことがある。小学二年生のときは、どうしても自由研究に何をしたらいいのかわからず、八月三十一日になって尚ちゃんに泣きついたことがある。尚ちゃんは自分が作ったことがあるという、ボール紙で中に電球を灯した手製のプラネタリウムを一晩で作ってくれた。それが区の賞をとってしまい、私は表彰までされたのだけれど、あんなに居心地の悪い表彰式はなかった。尚ちゃんは表彰式にまでついて来てくれて、「これは墓場まで持っていく二人の秘密だから」と悪そうな顔をして笑ったのだった。私はそんなことをつっかえ、つっかえ、三輪先生に話した。

ふはははははと、三輪先生は笑いながら聞いてくれた。

「船瀬先生らしいね」

「あ、でもいい人ですよ船瀬先生は」私は慌てて付け加えた。なんとなく三輪先生には尚ちゃんをいい人だと思っていて欲しかった。

「最後に、あ、でも、良い人です、って言われる人って大概悪人だよ」と言って三輪先生は笑った。私もおかしくなって笑った。

「あ」

と言いながら、三輪先生が屋上の端に目をやる。違うクラスの子たちが蹲《うずくま》って何かをしている。三輪先生は立ち上がり、その子たちのそばに近づいた。

「こらあ」と三輪先生が声を上げると、その子たちがぱっと顔を上げ、やべ、まずい、とか言いながら四方に散り、屋上の出入り口に向かって駆け出した。三輪先生が白い一枚の紙を手にしながら、こちらに戻ってくる。

「もう、こんなことばっかやって」

そう言って先生が私に紙を見せてくる。鳥居と数字、あいうえおの五十音。あ、これって。

「こっくりさん、知ってる?」

私は知っていたけれど首を振った。

「こんなのまやかしだよ。十円玉が勝手に動くなんて。まったく」

そう言いながら、先生は紙をくしゃくしゃにした。先生がくしゃくしゃにした紙のなかに、なぜだか私の大事なものがあるような気がした。先生、私、母さんの幽霊が見えるんですけど、頭がおかしいんでしょうか。そんなことをいきなり言ったら三輪先生はどんな顔をするだろう。病院に行こうか、なんて言われたらしゃれにならない。絶対に自分だけの秘密。だけど、こっくりさんの世界と母さんの幽霊はなんとなくつながっているような気がするし。多分、それは世の中の不思議を認めるかどうかの違いで。婚活アプリをやっていて、尚ちゃんが好きで(多分)、こんなふうに給食をおいしそうにむしゃむしゃと食べる三輪先生には縁のない世界。そんな世界に自分が触れていることが、なんだか少しみんなと違っているようにも思えて。だとしたら、霊が見える瀧澤さんをちょっと変わった子、なんて思う権利は私にはないんだ、と思ったら、同じ人種なのかもな、と少しがっかりもしてしまったのだった。

あの尚ちゃんが作ったプラネタリウムどこに行ったんだろう、と家を探してみたけれど、押し入れの中にもクローゼットの中にも納戸《なんど》のなかにもなかった。そばにいる母さんに尋ねてみる。

「母さん、小学生のときに作った、あの、自由研究のプラネタリウム知らない？」と言うと、母さんは視線を逸《そ》らす。母さんが何かを隠しているときの顔だ。私が大事にとっておいたアイスクリームを一人で食べてしまったとき、母さんはよくこんな顔をした。

「捨てたの？」

と聞くと、また目を逸らす。片付けが下手でその割には、断捨離《だんしゃり》とかこんまり流とか言っていつも部屋の中を整理していた母さんだからそれは十分にありえる。尚ちゃんが作ったということを知っていて黙って学校に持たせてくれたのも母さんだった。

「宿題なんてやらなくていい」

母さんはそんな乱暴なことも言った。父さんともそのことでよく喧嘩していた。

「子どもは遊ぶのが仕事」っていうのが口癖だった。母さんも自分が興味のあることには何にでも手を出して、だいたい三カ月くらいで飽きていた。あの日だって、母さん、駅前のホットヨガに行く途中に車に轢かれたのだ。もう少し前に母さんが飽きていれば。

私はプラネタリウムを探すのを諦めて、いつものように母さんに見守られながら夕食を作った。父さんの帰りは今日、いつもより早いと言っていた。父さんと夕食を食べようか、と私は出来上がった料理にラップをかけて、二階に上がった。

空はもうすっかり夜だった。朝干してしまい忘れていた洗濯物を畳む。それから、なんとなく物干し台に体育座りして空を見た。母さんも横に座っている。私は母さんの肩に頭をもたせかけるように傾けた。けれど、母さんの体はそこにはない。悲しいな、と思った。

ぎし、と音を立てて父さんが階段を上がってくる音がした。

「おかえりなさい」

「ただいま」そう言いながら父さんがネクタイを緩める。手には缶ビール。スーツ姿の父さんは社会の人で、世間の人で、私はべったりの母さん子だったから、父さんがよくわからないことがある。私が学校でいじめられていることや、保健室登校していることや、それから、母さんの幽霊を見られるようになったことはもちろん知らない。伝える気もなかった。どんどん父さんとの距離が遠くなっていく気がする。

父さんは私の横に座り、ぷしゅうと缶ビールを開けた。ごくごくごく、と喉を鳴らす。

父さんは今日も会社で仕事をやりきって、疲れ切って、ビールを飲む。そういう一日の終わりに飲むビールはさぞかしおいしいだろうと思った。

「もう二カ月かあ、早いような、遅いような」

そう言って父さんは立ち上がり、物干し台の柵に体を預けた。母さんは父さんの隣に立ち、父さんの肩に頭を預けている。さっきの私みたいに。母さんがそうしていることを父さんは知らない。それが少しおかしかった。

父さんが顎を上げて空を見上げる。

「母さんとよく行ったなあ、プラネタリウム」

ふーん、そうなんだ、と私は心のなかで返事をした。母さんは今、父さんの腕に自分の腕をからめている。のろけか。

「だけど、東京の空はほんとに星が見えないな。今ならスピカが見えるはずなのに」

父さんの田舎は長崎と佐賀の県境にあって、私は数回しか行ったことがないけれど、確かにあの場所では夜空の黒い部分が少ないくらい星が満ちていた。

「スピカ、って真珠星とも言うんだよ」

父さんがビールをぐびりと飲んで言った。

「真珠星？」

「そう。ほら、戦争中はなんでも日本語の名前をつけないといけなかっただろ。敵国の言葉を使うことができないから」

うん、と私は頷いた。そんな話、確かに学校で聞いたことがあるような気がした。

「だから、スピカじゃなくて真珠星、って呼んでたんだって」

へー、と思いながら、なんとなく、その話はデート中の母さんにもしたんだろうな、という気がした。

「その話を母さんにしたらさ」やっぱり。

「ユーミンていう歌手の歌に真珠のピアス、ってのがあってさ。母さんに真珠のピアスが欲しいってねだられて。真珠星の話があんなに高くつくなんて思いもしなかった」

隣の母さんはにやにやとしている。

「安い給料貯めて買ったんだ。それなのにすぐに母さん、片方なくした、とか言ってさ」

母さんならありえると思った。母さんはなくし物の天才でもあったから。

父さんと、父さんの肩に頭をもたせかける母さんを私はぼんやり見ていた。両親のいちゃつく姿を見せられるのはあんまり気持ちのいいものではないが、母さんが自分のそばにいるのに気がつかない父さんのことがなんだか不憫にも感じた。

「父さん、母さん、そばにいるよ」心のなかで言った。そして、もう片方の真珠のピアスは家のどこかにあるのかなあ、とぼんやり思った。

帰りのホームルームだけ出るという一週間を過ごしてみて、私は教室から校門まで尚ちゃんのサポートがなくても校門の外に出られるようになった。緊張はするが、いつまでも尚ちゃんに甘えてばかりもいられない。本当のことを言えば、教室から校門までの道のりは果てしなく遠いように感じた。クラスメートの視線はまだあんまり私には優しいものではなかったし、歩いていると、誰かが小声で「狐女」とつぶやく声も聞こえた。私はそんなにいじめられるような存在だろうか。ふと疑問に思う。親しい友だちがいないのだから、学校では誰とも接触していない。誰かにいじわるもしていない。ただ、転校生で、尚ちゃんとほんの少し距離が近いから。早く飽きてくれないかな、というのが本音だった。けれど、私へのいじめに飽きたら、その矛先は違う誰かに向かうのかもしれない、と思ったらやりきれない。それでも、こんな感じの学校生活があと数年続くことに自分が耐えられるのかどうか自信がなかった。

そんなことを悶々と考えながらも私は学校に行った（正確には保健室だが）。

ホームルームが終わって、帰る準備をしていると瀧澤さんとその仲間たちに呼びとめられた。

「あのさあ、佐倉さん、ちょっと屋上に来てくれないかなあ」

嫌な予感しかしなかった。けれど、いきなり瀧澤さんの仲間二人に両腕をつかまれた。

指に力が入っているから痛かった。瀧澤さんが教室の外をきょろきょろと見回す。

「いいよ」という瀧澤さんの声で私はまるで連行されるように教室の外に連れ出される。廊下の端に尚ちゃんの背中が見えたけれど、ふいと角を曲がってしまった。どんくさい、タイミングが悪い。尚ちゃん！　と声をあげればよかったのかもしれないけれど、そんなことをしたらまたいじめがひどくなる。

私は左右の腕をつかまれたまま廊下を歩き、屋上への階段を上った。見回してみたが屋上には私たち以外の誰もいなかった。屋上の出入り口から見えない角度になっている給水塔の陰に連れ込まれた。私の両腕をつかんでいた手が離れる。あまりに強く摑まれていたから、見ると指の痕がくっきりとついていた。

「よし」と瀧澤さんが言う。まるで司令官みたいだ。

「そこに座って」瀧澤さんがそう言うと皆が輪を作るように座った。私も無理矢理腕を引っ張られて座らされる。瀧澤さんがスカートのポケットから一枚の紙を出して広げた。見た瞬間、あ、と思った。鳥居、数字、あいうえおの文字。これって。

「これから佐倉さんについている霊を取り払おうと思うの」

瀧澤さんがまるで宣言するように言った。え、どういうこと、悪魔払い？　とか思っているうちに、隣の子に右手のひとさし指をぎゅううううっと握られた。

「ここに指を置いて」

紙の上に十円玉が乗っている。その上に指を載せられた。

「絶対に指を離したらダメだからね。途中で指を離すとのろわれるから」

そんな馬鹿な。のろわれてる、ってこの前言ったじゃん、と思いながらも私は指を十円玉に置いたままにした。

「この頃、うちのクラス、変なことばかり起こるの。知っているでしょう?」

知らない。と心のなかで答えた。斜め上から照らす太陽の光が、瀧澤さんの顔に奇妙な影を落とし、その顔を、怖い、と思った。

「熊田《くまだ》くんは体育で骨折したし、天野《あまの》さんは美術の時間に彫刻刀で右手を怪我したの。三針縫ったんだよ。それに私のお父さん、自転車で転んで足を捻挫したの、それに……佐倉さんのお母さんだって」

「そんなの関係ない」

思わず声が出ていた。十円玉から指が離れそうになる。その指をまた隣の子に強い力でつかまれ、ぎゅうっと十円玉に押しつけられた。

「私、佐倉さんになんか悪いものがついているからだと思うんだよね」

瀧澤さんの言葉にほかの二人が頷く。この人たちなんかまずいよ。逃げ出さなくちゃ、と思うのだけれど、隣の子はどこにそんな力があるんだろう、と思う左腕で私の体をがっちりととらえて離さない。彼女たちの儀式は厳《おごそ》かに始まった。

「こっくりさま、こっくりさま。いらっしゃいましたら返事をしてください」

瀧澤さんが慣れた様子で呪文のような言葉をつぶやく。じりじりと強い日が屋上にしゃがむ私たちを照らしていた。額に汗がにじむ。隣の子の腕には汗の粒が浮かんでいる。しばらくは何も起こらない。早く家に帰りたい。そりゃそうだ。何も起こるわけがない。もういい加減にしてほしい。そう思ったときだった。鳥居の場所に置かれた十円玉が、す、と動く感覚が指に伝わった。

「いらっしゃいましたら、はい、とお答えください」

十円玉はす、す、という感じで紙の上を滑り、はい、と書かれた文字のまわりを回り始める。こんなのまやかしだ。誰かが、例えば瀧澤さんが指で動かしているのだ、と思った。けれど、十円玉の動きのほうが早いのは見ていて確かだった。その動きを皆の指が追っている。背中に嫌な汗をかきはじめた。

くるり、くるり、と、はい、の文字を回ったあと、十円玉は鳥居の絵の場所で止まった。そこが定位置ということなのだろうか。まるでルンバみたいだな、と私は思った。

瀧澤さんがほかの二人に目で合図する。その眼光が鋭かった。瀧澤さんのほうがよっぽど狐女みたいじゃないか。瀧澤さんが口を開く。

「佐倉さんには、霊がついていますか？」

もういやだあ、と思いながら、私はこの馬鹿らしい儀式が早く終わらないかと思っていた。それでも十円玉はす、す、す、と動く。再び、十円玉は、はい、と書かれた文字のまわりをくるくると回る。だから、ついているとしたら、それは母さんだってば。と心のなかで私は叫んだ。

「それは狐の霊ですか?」

十円玉はしばらく鳥居の前をくるくると回る。答えに困っている感じだ。なんとなく、その様子がかわいい、と思ってしまうくらいに私は冷静だった。十円玉を動かす力がなんなのか私は知らない。けれど、そういう世界があることを私は知っているのだ。だって、母さんの幽霊と私は暮らしているのだから。そのとき、十円玉が意志を持ったように力強く動き出した。今までとはまったく違う力強さだった。

す、す、と十円玉は五十音表の上を滑るように動く。

の、ろ、う。瀧澤さんが私の顔を見た。

「動かしているでしょう!」

「そんなわけない!」思わず私は叫んだ。

の、ろ、う。の、ろ、う。十円玉はその三文字をぐるぐると移動していた。皆の顔色が青い。

「指を離したらだめだよ、離したら本当にのろわれちゃう」

瀧澤さんが叫ぶように言う。ほかの二人が頷く。十円玉がまた違う文字を差し始めた。

い、し、め、た、ら、の、ろ、う。瀧澤さんが顔を上げた。私の後ろにある何かを見ている。その顔がみるみる恐怖で歪《ゆが》む。隣の子が叫んだ。

「ねえ、指が離れない。離れないよ」

い、し、め、た、ら、の、ろ、う。い、し、め、た、ら、の、ろ、う。十円玉はその八文字をものすごいスピードでたどり始めた。瀧澤さんが左手で私の後ろを指差す。何を見ているんだろうと振りかえろうとするが、なぜだか私の首が回らない。ほかの二人も私の後ろにいる何かを見ているのに。誰かがきゃーっと叫んだ瞬間に水の音がした。瀧澤さんのしゃがんだ下にみるみる水たまりができていく。それでも十円玉は動き続けていた。

ゆ、る、さ、な、い。こ、の、こ、を、い、し、め、た、ら、ゆ、る、さ、な、い。

きゃーっと誰かが叫んで、瀧澤さんとその友だちは屋上の出入り口に駆け出した。瀧澤さんのスカートの後ろには大きなしみができていた。こっくりさんをしていて、恐怖のあまり、お漏《も》らしをした、なんて恰好《かっこう》のいじめのネタだ。けれど、私は誰にもそのことを言うつもりはなかった。強い風がふいて、鳥居が書かれた紙が飛ばされる。ぐんぐんと空に巻き上げられて、やがて見えなくなった。屋上には一枚の十円玉だけが残されている。私は立ち上がり、それをつまもうとすると、足下にある赤い点々が目に入った。私はそれに指で触れた。血のようにも見えたし、ただの赤い絵の具のようにも見えた。

でも、そのとき思った。母さんが家の外に出てきてくれたのかなあ、と。ハロウィンのときにも毎年本気で挑んでいた母さんのことだ。よっぽど怖い顔をして出てきたに違いない。家の外には出られないはずなのに。そのとき、ふと思った。出てこられないはずの家の外に出てしまった母さんの幽霊はもしかしたら、もう見られないのかなあ、なんて。そうして、それは実際のところ、そうだった。

あの日以来、瀧澤さんは熱を出して学校を休んでいる。あの日の噂はもちろん広まった。佐倉さんをいじめるとのろわれる、って。それは確かに効果があったのだ。上履きに狐女とか、インラン女、とか書かれることはなくなった（多分、瀧澤さんが書いていたのだろう）。

こっくりさんは学校で禁止になった。

いじめはなくなったけれど、みんな遠巻きに私を怖がるように見ていることはわかった。それでも、毎日、尚ちゃんの代わりに水戸《みと》君、という男の子が保健室にプリントを届けてくれるようになった。私は覚えていなかったけれど、水戸君と私は同じ保育園に通っていたのだった。

「二人で泥団子、ぴかぴかにしたじゃん」

と言われて、思い出した。その頃、流行っていた泥団子をいかに硬くぴかぴかに輝かすかに園児たちは夢中になっていたのだった。そのことを知ると、母さんも家の庭で泥団子を作るようになった。泥団子をいくつも作り、「乾いた布で磨くといいんだって」という情報を仕入れてきたのも母さんだった。なんにでも夢中になって、すぐ飽きる、そんな母さんだった。

「あれ、あれ、泥団子で泣いちゃう、なんで、なんで」

と慌てる水戸君に、ううん、なんでもないの、なんでもないんだ、と言うのが精一杯だった。

予想したとおり、母さんの幽霊はあの日以来、私の前にあらわれなくなった。なんというか、幽霊の世界にも掟みたいなものがあって、あの日みたいなことをすると、もうこの世に出てこられなくなるのかな、といろいろ考えもした。けれど、答えが出るはずもない。

幽霊でもいいから、母さんの姿を見たかった。私が食事を作るのを心配そうに見ている母さんがもういない。もう見えない。ずっと瀧澤さんにいじめられてもいいから、母さんの幽霊のそばにいたかった。きんぴらごぼうの人参なんかを切っているときに、もっと細く、って身振り手振りで教えてくれた母さんに会いたかった。茹で上がったほうれん草を切りながら、会いたいよお、と心の中でつぶやいて、私は泣いた。

「少し、母さんの荷物も整理しようか」と父さんが言い出したのは、梅雨が明け、夏休みに入って一週間が経ち、来週には父さんの故郷にあるお墓に母さんの遺骨を納めようという頃だった。父さんと二人で母さんの使っていたクローゼットを開けた。母さんのにおいがして、私と父さんの手が止まった。父さんと顔を見合わせた。

「まだ、やめようよ」

私がそう言うと、父さんも力なく頷いた。

「靴とかだけ虫干しするか」

そう言って私と父さんはのろのろと母さんの靴の入った箱を庭に運んだ。ふと尚ちゃんの庭のほうに目をやると、玄関のところに三輪先生が立っている。三輪先生はいつもの白衣姿じゃなくて、白い日傘を差して、パフスリーブのかわいい薄桃色のワンピースがよく似合っていた。三輪先生は私には気づかないみたいだった。しばらくすると青いポロシャツの尚ちゃんが小走りに家の外に出て来た。

「ごめん、ごめん、すっかり寝坊しちゃって」そう言うと、

「ぜんぜん来ないから、すっぽかされたのかもと思って家まで来ちゃった」

と三輪先生は口をとがらせた。

ふーん。そういうことか。二人は、並んで私に背を向け、歩き出した。私の強い視線に気づいたのか、尚ちゃんが急に振りかえってびっくりした。しっ、しっ、と私を追い払うように手を動かす。担任なのに生徒にひどいことするなあ、と思ったけれど、そう

いう無神経な感じがいかにも尚ちゃんらしかった。でも、二人の背中を見ながら、お似合いの二人だ、とも思った。

母さんの靴を日陰に並べている父さんに聞いた。

「父さん、いつか、再婚とかする?」

「なわきゃあない」

即答だった。なんとなくその答えにうれしくなって、私は言った。

「今晩、コロッケ作ろうかな」

「お、いいね。揚げたてコロッケにビール、最高すぎる」

コロッケは父さんの大好物なのだ。父さんの声も弾んでいる。

茹でたじゃがいもをつぶして、炒《いた》めた挽肉《ひきにく》と玉葱《たまねぎ》をまぜた。小判型にして小麦粉、溶き卵、パン粉をつけて揚げる。台所にはエアコンがないから、汗がしたたり落ちる。つくづく、主婦って大変なものだと思った。よく母さんはやっていたよ。毎日、毎日、三百六十五日。

何か副菜が必要だよなあ、と思ったけれど、付け合わせのキャベツを切って(母さんがいたらもっと細く切れ、と言われる太さ)、ほうれん草と油揚げの味噌汁を作ったら、力が尽きてしまった。途中でいらいらして、

「今日は父さんが洗い物してよ!」と怒鳴ってしまった。

「もちろんもちろん」父さんは上機嫌だった。

父さんと向かい合わせになって夕食を食べた。コロッケなんて揚げたてだったらおいしくないわけもないけれど、それでもその日のコロッケはうまくできたと思う。私は二つ目のコロッケを大皿からとった。ウスターソースをかけて、二つに割る。そのとき、何かが光っているのが見えた。なんだろう、何かが混じってしまったのかな、と思いながら、箸でつまむ。つぶされたじゃがいもがまわりについていて、なんだかわからなかった。

「父さん、これ……」

私はじゃがいもまみれになったそれをティッシュに包んで父さんに渡した。父さんがその何かをティッシュで拭く。そのとき、父さんの目に涙がぶわっと噴き出してびっくりした。父さんが手のひらを差し出す。私はそれをつまみ上げ、見つめた。真珠のピアスの片方だった。

「今日、靴、整理しているときに、どっかからまぎれこんだのかなあ」

父さんは現実と今起きている信じがたいことをすりあわせるようなことをあえて言う。

私は言った。

「父さん、違うよ。これ、母さんが入れたんだよ」

「そんなことあるか」

「だって、コロッケの中に入れるなんて、いかにも母さんがやりそうじゃん」

「……」父さんは黙った。

「……だな」そう言ってかすかに笑った。そうだ、こんな驚くことをするのがいかにも母さんだった。人を驚かせることが大好きだった。そんな母さんが大好きだった。

その日の夜は、父さんと並んで物干し台に座って夜空を見た。星なんて、やっぱり見えない。それでもはるか遠くにかすかに光っている星らしきものは見えた。父さんにも見えたらしい。

「あれ、スピカかな」

「な、わけない」

そう言ったけれど、私はコロッケの中から出て来た真珠のピアスとその星らしきものを重ねて見た。その瞬間、すいっ、と星が流れた。

「流れ星だ」私が言うと、

「昇進しますように昇進しますように昇進しますように」と父さんが早口で三回唱えた。

「みちる、なんにも願いごとかないの」

聞かれたけれど黙っていた。もう願いごとはしていた。もう一度、母さんに会えますように。心のなかで三回唱えていた。だけど、多分、もう叶わない。早く大人になりたいと強く思った。そうしたら、すぐにピアスの穴を開けよう。この真珠のピアスをつけるんだ。

「真珠のピアスって歌、結構、不穏な歌なんだよ。YouTubeとかで調べるなよ」

父さんはビールをぐいっと飲んでいった。私が生まれる前の、私が知らない父さんと母さんの時間があることが不思議に思えた。

「母さんのこと好きだった?」

父さんは黙っている。

「ねえ、母さんのこと好きだったの?」

そのとき、蛍のような光を放つ小さな虫が父さんの首に止まり、

「いてっ」と父さんが首筋に手を当てた。

「好きって言わないと母さん、化けてでるかもよ」

私がしつこく言うと、父さんは言った。

「母さんのことが大好きです。今も大好きです。あなたがいなくなって僕は悲しい。本当に悲しい」

作文を読む小学生のように父さんは言った。それから父さんと私は二人でほんの少しだけ泣いた。母さんのいない生活に少しずつ慣れていく予感がして、そのことが悲しかった。父さんがぽんぽんと私の頭を撫でる。父さんの手は温かかった。小さな虫は満足したように父さんの首筋を離れ、いつの間にか、夜空に溶けて見えなくなった。

湿りの海

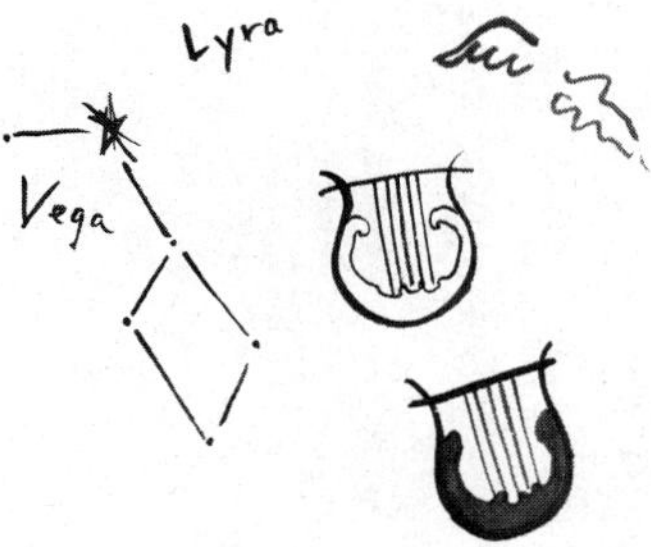

また同じ夢を見た。

死の世界に希里子《きりこ》と希穂《きほ》を迎えに行く夢だ。彼女たちは死んではいない。けれど、アメリカのアリゾナ州という簡単には行けない遠い場所にいる二人は、自分のなかで死の世界にいることになっているのかもしれなかった。

オルフェウスの神話を知ったのは、子どもの頃、父が買ってくれた『星の神話』という本がきっかけだった。オルフェウスは竪琴弾きだ。毒蛇にかまれて亡くなった妻を追って、オルフェウスは竪琴ひとつを持って冥土の世界にある宮殿に向かう。一筋の光もささない真っ暗闇で頼りになるのは竪琴だけだ。彼が竪琴を奏でるたびに、それは輝いて道を照らす。なんとかして妻のもとにたどり着いたオルフェウスは、冥土の世界の王に、妻を返してもらうが、地上に戻るまで決して後ろをふり返ってはいけない、と言われる。それなのに、彼は妻の足音が聞こえないことに気づき、ふり返ってしまう。そして、妻とは永遠に会うことはできない。オルフェウスは馬鹿だ。僕なら絶対に振り返りはしない。

あの神話では宮殿の前に番犬として黒い犬がいる。夢のなかの僕はまだ肉がたっぷり残った牛骨を持っている。オルフェウスは竪琴を弾いて番犬を黙らせたが、僕には弾ける楽器などないからだ。牛骨に難なく番犬は手なずけられてしまう。やっと辿り着いた宮殿の前で僕は希里子と希穂の名を呼ぶ。

「二人を返してやろう。けれど、決してふり返ってはならぬ」

誰かの声がする。あの神話と同じだ。僕はその言葉を信じて踵《きびす》を返し、歩き続ける。なぜだか歩いているのは僕が会社に向かうときに使ういつもの地下道だ。地上に続くのは、僕がいつも駆け上がる古ぼけた階段。地上に近づくたび、真夏の日差しが僕の目を射る。腕にちりちりと太陽の暑さを感じる。

もうすぐだ。階段を上り終えた僕は、後ろをふり返る。

「帰ってきたんだね」

もう幾度、夢のなかでその言葉をつぶやいたことだろう。最後に会ったあの日のままの服装の二人が立っている。けれど、日の光を浴びた二人の体は、少しずつ透け始め、肉体が粒子となってほどけていく。

「待って！　消えないで！」

自分の声で目を醒ます。ベッドの上に起き上がる。口の中がねばつき、脇の下に嫌な汗をかいている。泣いてはいなかった。希里子と寝ていたダブルベッドの上に僕は一人でいる。視線の先、チェストの上に飾ったままの絵に目をやる。アマチュアの天文学者でもあったエティエンヌ・トルーベロという画家が描いた『湿りの海』という絵だ。希里子が僕と同棲を始める前から持っていた絵。もちろん本物ではなくポスターを額装したものだ。それを希里子はなぜだか残していった。もうこの絵には興味がない、ということか。そう思えば、この絵が自分のことのようにも思われてきて、僕もいつまでも処分ができずにいた。

夢と現実の境界線に僕はいてぼんやりと絵を眺める。隆起のある月の表面を描いたものだが、それは陽光を照り返したとろりとした湖面のようにも、あたたかな泥の海のようにも、また、希里子と希穂がいるアリゾナの砂漠のようにも見えた。

枕元のデジタル時計は午前六時半を示している。出勤にはまだ間があるが、冷たいシャワーを浴びるためにバスルームに向かった。希里子が希穂を連れて恋人とアリゾナに住む、と言ってから二年、希里子と希穂がこの部屋を出て行って一年が経った。希里子の浮気から始まった離婚調停のことは思い出したくはない。非は希里子にある。けれど、僕一人で希穂を育てる勇気もなく、また、一卵性双生児のような二人を切り離すこともしたくはなかった。

「いってきまちゅ」

何も理解してはいない三歳の希穂はまわらない口で僕にそう言い、それがこの部屋で聞いた最後の希穂の言葉になった。希里子は何も言わなかった。

バスタブの縁に希穂が使っていたひよこのおもちゃがある。希里子は自分と希穂の荷物の多くをアリゾナに行く前に処分したが、それでも、この部屋のそこかしこに、彼女たちの生活の残骸があった。僕はそれを整理することが今だに出来ずにいる。まるで、彼女たちがまだこの部屋にいるように生活していきたかった。

ひよこのおもちゃの隣には希穂が好きだったバブルバスの容器。風呂嫌いの希穂のために希里子がどこかの雑貨屋で買ってきたものだった。泡だらけの希穂の華奢な体。うれしそうな希穂の声。僕はそれを思い出して、ひとしきり泣き、まるで泣いていないかのように、それをシャワーで流した。

毎朝変わらないシリアルとコーヒーの朝食をとった後、使い終わった食器をシンクに置き、歯を磨いた。出勤前に聞いているFM局が天気予報を知らせる。梅雨の晴れ間が広がります。予想最高気温は三十二度、夕方には豪雨の可能性もあるでしょう。今日、営業の仕事で出向く先は四軒。会社に戻る前には、汗まみれになっているだろう、と思いながら、折り畳み傘を鞄に入れる。

今日のアリゾナの天気はどうだろう、と思いながら、でもスマホで調べることはせずに、僕はスーツの上着と鞄を手にして玄関のドアを閉める。むっとする外廊下に出てドアの鍵を閉めていると、

「沢渡《さわたり》さん！　おはようございます」

と、同じフロアに住む銀髪の老婦人、左内《さない》さんに声をかけられた。部屋着のようなワンピースのまま、下のメールボックスで取って来たのか、脇に新聞紙を挟んでいる。今日も暑くなるそうね。営業のお仕事、大変でしょう。熱中症にならないように水分補給はこまめにね。マシンガンのような言葉が左内さんの口から飛び出す。

「ええ、そうですね。ありがとうございます」

彼女に曖昧な返事をしながら、やっぱり僕は彼女のことが好きではない、と思う。希里子と希穂が部屋を出て行った引っ越しの一部始終をドアの陰に隠れて見ていたのは彼女だった。僕が部屋に一人でいると、玄関のチャイムを鳴らし、よかったら食べてね、食べられるときに食べないと、と、タッパーに詰めた何かを持ってきてくれたのも彼女だった。僕は黙ってそれを受け取り、中身を見ずにゴミ箱に捨て、洗ったタッパーと御礼の焼菓子を彼女に返した。余計なおせっかい。彼女から向けられる憐れみの視線。それに混じる好奇の眼差しに耐えられなかった。ほうっておいてほしい。それが僕の本音だった。

運良くエレベーターがやってきた。まだ僕のほうを向いている左内さんに軽く頭を下げ、エレベーターに乗り込む。四階で止まり親子が入ってきた。これから幼稚園に行くのだろうか。夏の制服、白い半袖シャツに紺の吊りスカート、麦わら帽子の女の子とその母親らしき女性が入ってくる。母親が僕に軽く会釈をして僕の前に立つ。女の子は僕のことが気になるのか、母親と手を繋いだまま、時折ふり返り、僕の顔を見上げる。笑顔を作ったつもりでも、僕の顔はどこか強ばっている。あのときの希穂もこれくらいだった。「希穂」と僕は心のなかで呼びかける。希里子とアリゾナに旅立ってしまった娘を。そっちの世界はどうだ。新しいダディとの暮らしはどうだ。答えのない問いを僕はくり返す。

「今日、忘れてないですよね」

外回りを終え、汗まみれになって自分のデスクに座ると、営業部の後輩の園部《そのべ》がやってきて、僕に体を近づけ、密やかな声で言った。

「なんだっけ？」

「もうー僕の大学の後輩たちと呑むって昨日も念押ししたじゃないすか」

園部の体がより近く、声はいっそう小さくなる。そんなことを聞いたような気もするが記憶が定かではない。

「午後七時半からですから！　み・だ・し・な・み！」

そう言うと、園部は僕に汗拭きシートを渡し、肩を揺らしながら、自分のデスクに戻っていく。沢渡さん、もういいんじゃないですか。次の恋愛しても。いつか園部と二人で呑んだときに言われた言葉が耳をかすめる。何がもういいのか。僕にはまったく理解出来なかったし、次の恋愛をしようとか、新しい誰かと生きていこうとか、そんなことが頭に浮かぶことはなかった。いつか、園部の言葉に僕は曖昧に頷き、今日の呑み会のことも曖昧に承知したのだろう。

残りの仕事を片づけながら、かすかに憂鬱な気持ちが僕を染め上げていく。それでも、園部の顔をつぶさないために、今の僕にはそぐわないその場所に行くことに決めた。会社から地下鉄に乗って二十分。園部と共に会社を出て、四谷にあるというその店に向かった。

「先輩、いくら気乗りしないからって、そんな苦虫を嚙み潰したような顔しないでくださいよ」

鞄を網棚に乗せ、両手でつり革を摑んだ園部が暗いガラス窓に映った僕の顔を見ながら言う。

「先輩にだって、たまには息抜きが必要でしょ」

「……園部、ありがとな、いつも」

「もう他人行儀なんだから」

「だけど、おまえ、彼女いるのにいいの？」

「それはそれ、これはこれです」とけろりとした声で返す。

園部の彼女には僕も幾度か会ったことがある。結婚を前提につきあっていると聞いた。彼女がいるのに、僕の息抜きのため、という大義名分があるにせよ、女性と呑み会を開く、という園部のことが百％理解できたわけではない。けれど、自分にはない人としての軽やかさと風通しのよさを持っているこの後輩のことが、僕は嫌いではなかった。

園部と向かった先は四谷にあるイタリアンレストランだった。僕と園部が地下に続く階段を降りていくと、背筋を伸ばした女性が二人、僕らを見て軽く会釈した。テーブルに着き、園部が口を開いて、二人の女性を僕に紹介する。

「沢渡です。三十七です。バツイチです」

「もう沢渡さん、そんな自己紹介あります？」

園部の声に二人の女性がくすりと笑った。

何気なく店を見回す。僕らと同じような男女混合グループが目に入った。自分よりも若い人たちをターゲットにしているであろう、この店にどこか懐かしさを感じていた。希里子と結婚前によく来たような店だ。価格がそれほど高くなく、気を張ることもなく、おなかがいっぱいになる店。

彼女らに大皿に乗った料理を取り分けていると、

「すごい。沢渡さん、上手ですね」と僕の向かいに座っているショートカットの女性、宮田《みやた》さんが声をあげた。フレンチスリーブの袖から細い腕が伸び、手首に細いゴールドのブレスレットが艶やかに光っている。

「料理は男の人に取り分けてもらわないとね」

僕に最初にそう言ったのは希里子だった。取り分け用のスプーンとフォークは片手で持つのだ、と教えてくれたのも彼女だった。僕より二つ上の希里子は最初、僕の姉のようでもあった。

大学時代から長く続いていた恋愛が終わり、もう恋愛は懲り懲り、と思っていたときにふいに出会った。通訳として、会社のオンライン商談に来ていた彼女と目が合い、幾度か顔を合わせるうちに、二言、三言、言葉を交わすようになった。長い商談を終えて、「今度、食事でも行きませんか?」と声をかけてきたのは希里子のほうだ。僕は三十、希里子は三十二だった。そこからのスピードは速かった。二年付き合い、結婚し、翌年に希穂が生まれた。僕は中堅医薬品メーカーの営業として、希里子はフリーランスの通訳として、お互いに仕事を持ち、それぞれの仕事は順調で、健康な子どもにも恵まれた。

今も僕が住むあの古いマンションを出て、新築のマンションを買おうと話をしていたときのことだった。僕の人生の駒は順調に進み、どこにも淀みはなかった。

「好きな人ができたの。あなたとはもう暮らせない」と希里子が言ったあの日までは。

「先輩！　先輩！」

園部の声で我に返った。

「もう、ぼうっとして！」

「いや、今日、暑かったからさあ、なんだか頭がぼんやりとして……」

僕がそう言うと、

「熱中症だったら大変ですよ」

宮田さんが傍らにあるバッグの中に手を入れる。

「これ、首の後ろに貼るとすっきりしますよ」そう言って冷えピタを差し出す。

「あ、ありがとう……」

薄いフィルムを剝がしてブルーのジェルが塗られたシートを首の後ろに貼りながら、僕はまた思ってしまう。希穂がこれをよく使っていたことを。小さな額によく貼っていた。希穂はよく高熱を出す子どもだった。真夜中に病院に駆け込んだこともある。アリゾナの医療事情はわからないが、日本のように気軽に医者にかかることができるのだろうか。今さらながらそんな場所に希穂を連れて行った希里子のことが理解できなかった。

園部はなにか冗談を言ってしきりに二人の女性を笑わせている。僕も笑顔を作ってはいたが、心はここにはなかった。ここにいること自体、何かが間違っているのだ。

それでも、会は進み、いつの間に園部が話をしたのか、僕は帰り道が同じ方向の宮田さんと同じ電車に乗ることになった。午後十時を過ぎた電車はそれなりに混んでいて、乗客に押され、僕と宮田さんは車内で向き合う形になった。鞄を抱えた左手が小柄な宮田さんの目の前にある。彼女は左手の薬指を指でさして言った。

「ここにまだあるんですね」

視線を下げて彼女が指さす場所を改めて見た。確かにまだうっすらとあとがあった。結婚指輪を外しても、この指輪のあとのように、希里子と希穂が自分の前からいなくなったという事実は僕の心のぬかるみに深い轍をつけたのだった。

宮田さんになんと言葉を返したのか記憶すらない。そこからは記憶が点状だ。どちらが言い出したのかも曖昧だ。僕らは新宿で降りて、人気のない地下のバーにいた。いつもなら呑まない種類の酒を呑み、僕は酔っていた。宮田さんは酒が強く、終始、冷静だった。僕は彼女に甘え、酔いにまかせた勢いで、彼女の肩にしなだれかかったような気もする。強いカクテルを何杯も呑んだあと、店を出て、地上に続く階段で思わず彼女の腕を引いて、やんわりと拒否された。

「指輪のあとがあるうちはやめておいたほうがいいんじゃないですか」

わかったようなことを言う彼女に腹を立て、僕は一人、彼女をその場に置いてけぼりにして、タクシーに乗り込んだのだった。振り返りもしなかった。最低な人間、最低な男、という言葉が僕のなかで木霊《こだま》する。もつれる足でなんとか部屋にたどりつき、キッチンのシンクの前に立ったまま、冷蔵庫から出したばかりのミネラルウォーターに、そのまま口をつけて飲んだ。冷静な宮田さんの言うとおりだ。最低な僕が誰かと恋愛をする権利などない。希里子と代替可能な人などいない。何度でもくり返してきた言葉を、僕はまた、自分に言い聞かせながら、首の後ろに貼られたままだった冷えピタをゆっくりと剝がした。

土曜日。朝から隣の部屋で大きな物音がしていた。隣の部屋は長い間、誰も住んではいなかった。引っ越しだろうか、と思いながら、僕は部屋のなかを適当に掃除をし、洗濯をした。洗濯物を浴室に干した頃には、こめかみが鈍く痛み始めた。近頃、雨が降る前によく頭痛がする。そんな症状を気象病と言うのだ、とニュースで聞いたが、医者にかかるほどではない。頭痛薬をのんだほうがいいのか迷ったまま、ソファの上に横になり、何か胃に入れたほうがいいと思いながら、眠気のほうが勝った。いつの間にか惰眠をむさぼっていた。

玄関のチャイムが鳴らされたのは午後四時を少し過ぎた頃だった。のぞき窓を覗くと、女性の姿が見えた。来訪者など滅多にない。身構えて、ドアの前に立った。

「すみません、隣に越してきた者です」

インターフォン越しによく通る声が響いた。僕は目やにがついていないだろうかと慌てて目をこすりながら、ゆっくりとドアを開けた。希里子よりももう少し年齢が上に見える女性と、希穂と同じくらいの女の子が立っている。女性は長い髪をうしろでゆるくまとめ、Tシャツにデニムという軽装だ。女の子は、肩までの髪を結ばずに垂らし、水色のギンガムチェックのワンピースを着ていた。むちっとした顔の肉付きが、いつか美術の教科書で見たことがある『麗子像』を思わせた。

「朝からうるさくして申し訳ありませんでした。隣に越してきた船場《ふなば》と言います。シングルマザーで小さな子どもと二人暮らしなので、これからご迷惑かけることがあるかもしれませんが……」

そう言いながら、僕に小さな紙袋を差し出す。

「いえいえ、こちらこそ、お気遣いいただいて。ご丁寧に……沢渡と申します」

船場さんの視線が玄関の三和土《たたき》に置いたままになっているストライダーに止まる。ピンクのストライダー。希穂の二歳の誕生日に僕がプレゼントしたものだ。

「あっ、小さなお子さん、いらっしゃるんですね」

「ああ、いや、これは……」

言葉に詰まったが、すぐにばれる嘘をつきたくはなかった。

「……離婚したもので」

「あっ、私、ごめんなさい。初対面の方にずけずけと余計なことを……」

「いや、いいんです。なにかわからないことがあればなんでも」

僕がそう言うと、船場さんはしきりに恐縮して帰っていった。ドアが閉められた途端、小さくひとつため息をつく。リビングに戻りながら、袋を開けると、猫がプリントされた布巾が二枚入っていた。希穂がいれば喜んだだろうに。そう思いながら、僕はそれを袋ごと、シンクの下の物入れに放り込んだ。

シングルマザー。小さな子どもと二人暮らし。彼女が初対面でそう名乗った理由はなんだろう、と思いながら、僕は再びソファに寝転がった。エアコンをつけっぱなしで閉めきった部屋に息苦しさを感じて、掃き出し窓を少し開けた。隣の部屋も窓を開け放っているのか、さっきの女の子らしき子どもの声が風に乗って聞こえてくる。こんなに近くで子どもの声を聞くのも久しぶりのことだった。痛む頭を抱えながら、僕は眠りについた。午後八時過ぎに再び目が醒め、僕は冷蔵庫にある適当な食材で適当な野菜炒めを作って食べ、そして、再び一人のベッドで眠った。

離婚してからというもの、時間を持て余すのが日曜日だった。土曜日は一週間分の洗濯や掃除や買い物をしているうちに日は暮れる。日曜日はやることがない。希里子と希穂がいた頃には、それとなくやっていた料理からも遠くなった。朝にシリアルを食べ、昼に乾麺を茹でて食べ、夕食は近所のファミレスか居酒屋、もしくは自分が作る料理とも呼べないような料理で適当な食事をとっていた。

　晴れていれば近所の公園までジョギングがてら行くこともあったが、今日は雨だ。平日にやり残した仕事をダイニングテーブルで短時間こなしたあと、缶ビールを開け、ソファに横になった。昨日と同じようにこめかみが痛む。耐えきれず、頭痛薬をのんだ。いつの間にか眠っていたようだった。希穂の夢を見た。希里子は出てこなかった。希穂が流暢な英語で何かを叫んでいる。希穂、もう一度、英語でゆっくり話して。僕は日本語でそう言うが、希穂の英語は止まらない。自分には絶対にできないLやRの発音を完璧に正しく会話に織り交ぜる希穂。希穂と会話で心を通じ合わせることがもうできない。そう思ったら、希穂と自分を結ぶ細い糸がぷつりと切られたような気がした。

「希穂！」そう叫んだ瞬間に目が醒めた。

　開けたままの掃き出し窓から、カレーの香りが部屋に侵入している。時計を見た。午後六時過ぎ。希穂よりも幼いあの女の子と船場さんが二人きりで食卓を囲んでいる姿を想像したら、胸のどこかがきしんだような気がした。

　日曜日の深夜はアリゾナにいる希穂からFaceTimeを通じて連絡がくる約束になっている。深夜二時。アリゾナは午前十時。僕はグラスに入れたスコッチを舐めながら、その時間を待った。蒸し暑さに耐えかねて、エアコンをつけようと窓を閉めた瞬間、子どもの激しく泣く声が聞こえた。船場さんの家だろうか。こんな夜中に。そう思いながら、幼い子どもは環境の変化でも激しく泣く生きものだ、ということを思い出した。アリゾナに到着したばかりの希穂が泣いてばかりいる、と希里子の口から聞いたこともある。そんな遠い場所に連れて行って当たり前だろう。そう思ったが口にはしなかった。まだ泣き声は続く。そばにいる船場さんがなだめている様子が目に浮かんだ。

深夜二時ちょうどに着信音が鳴った。パソコンの画面いっぱいに希穂の笑顔がある。希里子はいつもその画面には登場しない。希穂の操作を手伝っているのは、希里子の新しい夫だ。希穂の後ろから、毛むくじゃらの手が時折伸びる。僕は彼と言葉を交わしたことはない。その必要もないだろう。希穂の日本語はもうあやふやだ。会話の合間に頻繁に英語が混じる。マミーとダディと公園に行くの。そこにいつも大きな黒い犬がいるの。ダディは毎日会社に行くの？　ダディは今日、何を食べるの？　小さな茱萸《ぐみ》のようなくちびるから弾丸のように飛び出す言葉に僕は時々詰まりながらも、それでも言葉を返す。日本にいる頃、希穂は僕のことをパパと呼んでいた。それが今ではダディだ。ダディが二人いることに疑問を感じている様子もない。今、自分がいる状況を希穂は小さな頭でどんなふうに理解しているのか。そんな状況に追いやった希里子にかすかな憎しみの感情が僕のなかにはある。けれど、その感情をぶつける希里子は画面に決して映らない。もう終わりの時間だ。希穂の新しいダディが英語でそう言い、画面は唐突に暗くなった。パソコンの暗い画面に自分だけが映っている。その顔は随分と年齢を重ねたようにも見える。この顔を見て希穂はどんなふうに感じたのか。僕からはなんの質問もできなかったな。乾いた声で小さく笑ったあとに、僕はパソコンの電源をオフにした。

月曜から金曜までは会社に行き、いつもと同じ仕事をこなした。このクライアント、沢渡じゃないとだめだから、と難しい営業先を上司に押しつけられても、僕は反論することもなかった。仕事での失敗など怖くはなかった。命までとられるわけではない。希里子と希穂が自分の前から突然いなくなったほどの出来事など、仕事で起こるはずもなかった。

深夜、マンションまでの帰り道、暗闇に浮かぶぼんぼりのような紫陽花の花を見て、季節のめぐりにはっとなった。かたちゅむり。黄色い長靴を履き、黄色い傘をさした希穂がいつまでも、紫陽花の葉の上を進むかたつむりを見ていた場所だ。アリゾナにはかたつむりはいるのだろうか。アリゾナと聞いて浮かぶのは、砂漠のある町、ということだけだった。

雨の土曜日はいつものように洗濯と掃除をこなし、翌日の日曜日はからりと晴れたので、公園に向かった。希穂とよく行った子どもの多い公園には行かなかった。トートバッグに文庫本とレジャーシート（それも希穂のために希里子が買ったものだった）を詰め、近所のコンビニで缶ビールを一缶買った。

池のそばにある公園は駅からも住宅地からも遠かったから、子ども連れは少なかった。一本の太い木の木陰にシートを敷き、ビールを呑みながら文庫本を目で追う。書店で適当に買ったミステリー小説だったが、内容が頭に入ってこない。僕はあきらめて、文庫本を腹の上に開いたまま、仰向けに寝た。木の葉の茂りの合間から太陽が僕を照らす。まぶしくて目を閉じた。そのとき、スマホが振動した。希穂か、と思いながら、そんなことはない、と思い直して、画面を見た。ＳＭＳにメッセージが入っている。この前、呑み会で会った宮田さんからだった。彼女に携帯番号を教えた記憶もない。

〈晴れた日曜日、何してらっしゃるんですか？〉と一言。

木陰でビールを呑みながら読書です、と途中まで打って消した。こんな一言から何かが始まることが怖かった。僕はふと、左手の薬指に目をやった。そこにはまだ、うっすらと指輪のあとがあった。

「指輪のあとがあるうちはやめておいたほうがいいんじゃないですか」

彼女があの夜、そう言ったことを覚えている。気が変わったのか。それともただ単に暇を持てあましているだけなのか。僕は乱暴にレジャーシートの上にスマホを放り投げた。

そのとき、ビニールのボールが僕の足に当たった。ボールを手に取り、投げ返そうと顔を上げると、隣の部屋に引っ越してきた船場さんがいた。その先には麦わら帽子の女の子。あ、とお互い、声を上げ、会釈した。

「ママー！」と女の子が声をあげる。

「はーい」とふり返って言いながら、じゃあ、と船場さんが僕にもう一度頭を下げる。

「少し代わりましょうか？」

「え」

「ボール遊び。ここで少し休んでいてください」そう言ってシートに座るように船場さんにすすめた。自分の口からつるつると言葉が出たのは、あまりに船場さんが真っ赤な顔をして汗まみれだったからだ。そう自分に言い訳をして、女の子のほうにゆるくボールを蹴った。ボールを蹴るのが僕になっても女の子は抵抗がないようだった。女の子と僕の間を幾度もボールが移動する。もっかい。もっかい。汗が額をつたうが、女の子の要求には終わりがなかった。僕もそれに応えた。女の子の顔も真っ赤だ。

「沙帆《さほ》、少し休憩しないとだめよ。熱中症になるよ」

船場さんの声でボール遊びはストップされた。息を整えながら、希穂と沙帆、音の響きが似ているな、と思った。沙帆ちゃんがシートの船場さんに駆け寄り、その腕に飛びこんだ。船場さんはミニタオルで沙帆ちゃんの汗を拭き、水筒に入った何かを飲ませている。僕はぬるくなったビールを船場さんに隠れるようにして呑んだ。

「すみません、この子、何度も何度も」

「いえいえ、いい運動になりました」そう言って僕は船場さんと沙帆ちゃんから少し距離をとって座り、デニムの後ろポケットに入っていたバンダナで汗を拭った。

「やっぱりお上手ですね」

そう言って船場さんは僕にミネラルウォーターのペットボトルを手渡した。保冷バッグに入れてあったのか、適度な冷たさを保っていた。ボール遊びか、子どもの相手なのか、何が上手なのかを言わないまま、船場さんが沙帆ちゃんの世話を焼いている。沙帆ちゃんは船場さんに抱かれたまま、僕の顔を見、船場さんの顔を見、そして、恥ずかしそうに船場さんの胸に顔を隠した。

「沙帆ちゃん、三歳くらいですか？」

「はい。先月に三歳になりました。でもこの子、体が大きくて、運動も大好きで、休みの日は私のほうがくたくたになってしまって……遊んでいただけて随分助かりました。ありがとうございます」

「パパ？」

沙帆ちゃんが船場さんの顔を見上げて言った。

「違う違う、パパじゃないのよ。沢渡さんっていうお名前。……すみません、この子、大人の男の人を見ると、いつも……」

パパの顔を覚えていないのだろうかと思ったが、そんなことは聞けなかった。船場さんも語らない。話したくはない、ということだろう。けれど、沙帆ちゃんにパパと呼ばれて、自分のどこかが甘く痺れたようになっているのも事実なのだった。ダディではなくパパ。

どこかしら居心地の悪い沈黙を破るように、池の噴水が高く上がった。

「ママ、あれ海？」

「ううん、海じゃない。池のお水よ」

「沙帆、海に行きたいなあ。ママ、いつ海に行くの？」

「そうねえ……」そう言って黙ってしまった船場さんの横顔を見た。端整な、といっていいのではないか。すっと通った鼻筋。肌理《きめ》の細かい白い肌、頬に薄茶色のそばかすが散ってはいるが、綺麗な人だ、と思った。彼女のことは何も知らない。仕事はなにをしているのか、どうしてシングルマザーになったのか。そして、彼女も僕のことを知らない。話すつもりもなかったが、彼女の横顔を見てふいに口をついて出た。

「離婚した妻と娘はアリゾナにいるんです」

船場さんは驚いたような顔をして僕の顔を見、そして、前を向いて言った。

「遠いですね……」

「そう、遠いんです……」

「どんなところかも想像がつかないな」

もう、それだけで十分だった。自分の元妻が、娘が、ここから遠く離れた場所にいることを、今、誰かに聞いてもらえれば。例えば、さっきSMSにメッセージを送ってきた宮田さんにできる話ではない。お互いどこか、臑《すね》に傷持つ同士だからできる話ではあった。

「ああ、沙帆が眠ってしまった」

船場さんが泣きそうな声を出した。沙帆ちゃんはボール遊びで疲れたのか、額に汗をかいたまま、船場さんの腕のなかで脱力している。その重さが僕には想像がついた。眠った子どもが、なぜだか起きているときよりもずっと重くなることを。

「抱っこしますよ」

「え、そんなことお願いできません」

「でも、この荷物を抱えて大変でしょう。ベビーカーもないし」

シートの上には、ボールや水筒を入れた船場さんの大きなバッグが直射日光にさらされている。船場さんの眉毛が八の字になって泣きそうになった。

「すみません。ほんとにすみません」

僕はその声を聞かなかったふりをして、沙帆ちゃんを抱き上げた。船場さんが自分のバッグと僕のトートバッグを手に、僕の横に並ぶ。マンションまでの道を二人で歩いた。華奢な骨を感じさせる柔らかな体。しっとりと汗をかいた両生類のような皮膚。どこかほこりっぽいにおい。沙帆ちゃんは僕と別れたときの希穂より体が大きく、体重も重かったが、そのすべてが懐かしかった。

「あの、ほんとにすみません」

マンションに向かう坂道の手前で船場さんが言った。

「いや、これくらいなんとも」と言いながら、久しぶりに子どもを抱くその重さが腰に来ていた。もう一度、しっかり沙帆ちゃんの体を抱き直す。

「あの、夜にうるさくないでしょうか。この子がいつも歯磨きを嫌がるもので。……大声で泣いて……」

「ああ、僕の娘もそうでしたよ」

そう言いながら、本当はそうじゃなかった。希穂は聞き分けのいい子だった。早く帰れる日の歯磨きはいつも僕の担当で、歯磨きだよ、と言いさえすれば、僕の腿の上に小さな頭をのせて、おとなしく口を開いた。なんの抵抗もなくされるがままになっていた。

マンションの入口で左内さんとすれ違った。沙帆ちゃんを抱えた僕と船場さんが同時に頭を下げると、彼女は口を大きく開き、何かを言いそうになった。すれ違ったあとも、彼女の視線が僕ら二人にとどまっていることは容易に想像できた。

船場さんとエレベーターに乗り、同じ階で降りた。船場さんが部屋の鍵を開けている間、沙帆ちゃんが目を醒ました。

「パパ……」

「ほんとにこの子、すみません」

船場さんの眉毛がますます下がる。汗まみれの沙帆ちゃんの体を受け取りながら、

「本当にすみませんでした」と船場さんが頭を下げる。あやまり慣れている、とどこかで思った。それが彼女の元来の性格なのか、シングルマザーになったことに起因しているのか、それはわからない。けれど、その言葉を聞いて、自分の口をついて言葉が出た。

「海、僕、車出しますよ。チャイルドシートもそのままなんです。たまに走らないと、車の調子も悪くなるし」

船場さんの口が、あ、と言い出しそうにかたまっている。僕は返事を聞かないまま、じゃあ、また、と言い残して自分の部屋の鍵を開け、部屋に入った。自分の汗まみれのTシャツからはまだ沙帆ちゃんの香りがしていた。


「彼女に連絡してます?」

社食で向かいに座った園部に聞かれた。

すぐさま宮田さんのことだと理解したが、黙っていた。

「なんだか彼女、随分、沢渡さんのことが気に入ったみたいで。……なんか、あのあと、二人で違う店で呑んだらしいじゃないですかあ。沢渡さん、おとなしい顔をしてやるこ

とはやるんですね」

耳まで赤くなっているような気がして、僕はあわてて小皿に盛られた白菜漬けを口に入れた。酔ったと見せかけて彼女の肩にしなだれかかった自分。暗がりの階段で彼女の腕を引いた自分。宮田さんがどこまで園部に話したのかはわからないが、園部はあの夜のすべてを知っているような気がした。白菜漬けを咀嚼する音だけがこめかみに響く。

僕は黙っていた。黙ったまま左手の薬指を見た。指輪のあとはこの前見たときと変わらずうっすらと残っていた。

「もう大事なことはだんまりなんだから。バツイチの男にはもったいないくらいの女性だと思いません？」

思わず顔を上げた。

「すみません。言い過ぎました」

園部が黙って頭を下げる。

テーブルの上に置いたままのプライベート用のスマホが震えた。ＳＭＳにメッセージが来ている。宮田さんからだった。

〈また、お食事でもいかがですか？　どこか沢渡さんのご都合のいい日に〉

僕は画面を見て、小さくため息をつき、スマホの画面を裏にしてテーブルに置いた。

「それ、宮田さん、でしょう？」

園部がカツ丼をかきこみながら言う。

僕は黙って頷いた。

「あんな会を催しておいてなんですけど、なんで、そんなに沢渡さんがいいかなあ。もう一人の彼女だって……。バツイチの男って俺にはわからない色気があるんですかね？」

そうブツブツ言いながらしきりに首を傾げる。僕はぼんやりと園部の顔を見た。

「あ、また余計なことを。すみません」

「怒ってるわけじゃないよ。ただ」

「ただ？」

「こういうことが久しぶりなんで、困惑してるだけ」

園部は残り少なくなった味噌汁を飲み干して言った。

「困惑って。高校生じゃないんすから。……沢渡さんモテ期到来なのかもしれないすね」

「モテ期って」久しぶりに聞くその言葉を口にしながら、僕は吹き出しそうになっていた。

「モテ期は足が速いから……沢渡さん、今のうちですよ。じゃあ、お先です」

そう言いながら食べ終わった食器の乗ったプラスチックトレイを両手で持ち、園部がテーブルを離れた。彼が社食から出ていく後ろ姿を見ながら、僕は裏返しのままになっていたスマホに目をやる。宮田さんからのSMSにはもう目をやらなかった。LINEにメッセージが来ている。

〈今度の日曜日、本当にお言葉に甘えていいのでしょうか？　お仕事お忙しかったら遠慮なくおっしゃってください〉

船場さんからのメッセージだった。あの公園でもう幾度か顔を合わせている僕は船場さんとLINEを交わすようになっていた。正直なことを言えば、あの公園に行けば、船場さんに会えるのではないか、と、日曜日のたびに、晴れていれば足を向けていた。毎回会えたわけではない。船場さんと沙帆ちゃんに会えない日もあった。彼女たちに会えれば、沙帆ちゃんと僕は遊び、船場さんが淹れてきた冷たいアイスコーヒーを飲んだ。

疑似家族、という言葉が頭に浮かんだが、今の僕に必要なのは、宮田さんのように独身の健康な女性ではなく、船場さんのように孤軍奮闘しながら子育てや生活に疲れている女性なのかもしれなかった。この前の日曜日、

「海に行くの今度の日曜日はどうですか？」と言った僕の言葉に、最初、船場さんは取り合わなかった。

「そんなご迷惑をかけるわけにいきません」と。

「でも、僕もたまには息抜きがしたいんですよ、それにつきあっていただくわけにはい

きませんか？」そう言うと、自分を納得させるように船場さんは頷いた。僕らの会話を聞いていたのか、僕のあぐらの上に座っていた沙帆ちゃんが僕の顔を見上げながら尋ねた。

「沙帆、海に行くの？」

「そうだよ、車に乗って。沙帆ちゃんのママと僕と」

「海！　海！」そう言って僕から離れ、シートの上でジャンプする。

まるで家族みたいじゃないか。希里子だってアリゾナで新しい家族を築いている。僕にその権利がない、というわけではないのだ。ならば、希穂はどうなる？　希穂には新しいダディがいる。血縁上の父であることは一生変わらない。けれど、一度も会ったことのないあの白人の彼を、希穂は自分の父親だと認識して成長していくのだ。だったら、自分だって、沙帆ちゃんのパパとして生きる道があるのかもしれない。そんな甘い妄想が僕のなかでかすかにふくらみ始めていた。

公園の帰りには、それぞれの部屋の前で別れた。古いマンションだから、窓を閉め切っていても声や物音が響く。日曜日の真夜中、希穂からのFaceTimeを待っていると、子どものひどい泣き声がしばしば聞こえることもあった。沙帆ちゃんの夜泣きだろう、と思った。なぜだかその日は、いつまでたっても希穂からの着信はなかった。何かあったのかもしれない、と僕のほうから希里子の連絡先をタップした。一年ぶりに見る希里子の顔が画面にあらわれる。

「希穂が熱を出していて……」

「大丈夫なのか」

「これからデイビッドとドクターのところに行く」

「そうか、お大事に」

「ありがとう」

希里子がそう言うとぷつりと画面は黒くなった。一年ぶりに見る希里子は髪の毛がさらに伸び、やや疲れた顔をしていた。希穂は大丈夫なのか、と思ったが、彼女が一人でアリゾナにいるわけではない。希穂のそばには希里子もデイビッドもいるのだ。それでも、自分の心はどこか落ち着かなかった。ベッドに入っても目が冴え冴えとしていた。それでも、隣の部屋からまだ聞こえてくる沙帆ちゃんの夜泣きの声を聞きながら、僕はいつの間にか眠りの世界にひきずりこまれていった。


その次の日曜日は気温こそ高かったものの、天気のほうが怪しかった。午後からは突然の雷雨の可能性が高いでしょう。ＦＭ局が告げている。それでも沙帆ちゃんは三歳だ。炎天下のなかで猛然と泳ぐ、というわけではない。彼女にひと目、海、というものを見せてあげられればそれでいいのだ。渋滞に巻き込まれないように、午前八時にマンションの前で船場さんと沙帆ちゃんを待った。二人がやって来たのを見て、僕は車から降り、後部座席のドアを開ける。沙帆ちゃんは最初、かすかな抵抗を見せたが、それでもチャイルドシートにおとなしく収まってくれた。船場さんには助手席をすすめた。少し間があって、彼女は僕の隣に座った。僕はゆっくりと車を発進させる。

「窓を、少し開けてもいいですか？」

「ああ、もちろんです」

生あたたかい空気が車内を満たした。髪の毛の乱れを気にしながら、船場さんが後部座席をふり返って笑った。

「沙帆いいねえ、海、見られるねえ」

「うん、沙帆、海に行くよ、ブーブに乗ってね、ママとにーたんとね」

沙帆ちゃんはいつの間にか、僕のことをにーたんと呼ぶようになっていた。何回かに一回はパパと呼ばれた。そのたびに船場さんが「沢渡さんでしょう」と言い直していたが、沙帆ちゃんの口はよく回らない。苦肉の策で船場さんが気を遣って僕のことを「お兄さん」と呼び（年齢的にも見た目的にも正真正銘のおじさんであるのに）、それ以来、僕は沙帆ちゃんにとって、にーたんになった。沙帆ちゃんの頭のなかで僕がどんなふうに位置づけられているのか僕は知らない。けれど、嫌われている様子もなかった。

沙帆ちゃんはピンクのうさぎのぬいぐるみを手に、おとなしく窓の外を見ている。車に酔っている様子もない。僕は久しぶりの運転と、船場さんと沙帆ちゃんを車に乗せて遠方に出かける出来事に最初は緊張していたが、海に近づくにつれ、希里子と希穂を乗せてどこかに出かけるこんな日曜日は幾度もあったことを思い出し、運転もこなれてきた。

いつかのドライブを思い出した。希里子に好きな人がいる、と聞かされたあとのことだった。どこに行ったかは忘れた。後部座席で深く眠っている希穂に安心して、希里子と思いきり口論になった。希里子の叫び声で希穂が目を醒まし、二人でなだめたことがあった。

「夜泣き、大変ですね」

僕は前を向いたまま、さりげなく言った。

「ああっ、やっぱり聞こえてますよね、すみません。どうも今の部屋にまだ慣れないみたいで。……それにパパがいない、パパがいないって」

きゅっと胸をつままれた気がした。アリゾナに行った希穂も、そんなふうに泣いたことがあったのだろうか。希里子はなんと言って希穂をなぐさめ、なだめたのか。

「ぜんぜん、そんなこと気にしないでください。子どもの泣き声には僕、慣れていますから」

「本当にすみません。お仕事で疲れていらっしゃるところ、安眠を妨害して」

「いや、それは船場さんも同じでしょう。昼間はお仕事されて、保育園に迎えに行って、食事を作って食べさせて、お風呂に入れて、歯磨きをさせて」

途中から船場さんが笑いだした。僕のほうを向いた目がかすかに赤く滲んでいるようにも見えた。公園で話しているうち、彼女が栄養食品メーカーの広報の仕事をしていることを知った。彼女の親は遠方に住んでいて、沙帆ちゃんとあまり会うことがない、ということも。公園で会うときにママ友らしき人がそばにいたことはない。つまり、彼女には近場で頼れる人もなく、たった一人で子育てをしているということだ。このドライブが彼女と沙帆ちゃんの心に風穴を開けてくれればいい、と僕は思った。

海に近づくにつれ、雲行きが怪しくなってきた。開けた窓から、どこか雨のにおいがしてくる。見上げた灰色の雲にもたっぷりと雨粒が詰まっているような気がした。それでも僕は二人を乗せて、海を目指した。山と山との間に、水平線が見え隠れするようになった。

「あ、海」子どものようにはしゃいだ声を出したのは、船場さんだった。沙帆ちゃんはいつの間にかぐっすりと眠っている。海が近づくにつれ風に潮の香りが混じっているような気がした。ぽつ、ぽつ、と雨粒がフロントグラスを叩き始めたのは、お昼を少し回った頃で、僕は海岸近くの駐車場に車を停めた。僕の車以外に車はほとんどなかった。雨はもう全力で降り出していた。こんな日に海に来るのは生まれて初めてのことだった。

薄い灰色だった海岸が瞬く間に濃い灰色に染め上げられていく。

「海、ちゅいたの？」

沙帆ちゃんが後部座席からまだ眠そうな声で言った。

「着いたけれど、雨がねえ……」

「海で泳げないの？」

「今日は無理かもしれないわねえ」

沙帆ちゃんが車内のむっとした空気を切り裂くような声で泣いた。間近で聞くとなかなかの迫力だった。聞く者の神経に触れるような声。船場さんが助手席から手を伸ばし、沙帆ちゃんの太腿を優しく撫でた。

「海を見ながらお昼ごはんを食べようか……」

そう言いながら、船場さんが膝の上に置いたバッグから、表面に何かのキャラクターが描かれたプラスチックの弁当箱のようなものを出した。船場さんが蓋を開ける。僕はその中身を見た。緑はきゅうり、赤いのはジャム。緑と赤のサンドイッチが交互に並べられている。同じ中身の入ったもうひとまわり大きい弁当箱を僕に差し出す。

「よかったらこれ召し上がってください」

僕に弁当箱を差しだし、船場さんがドアを開け、後部座席に移動する。彼女が差し出した一切れのサンドイッチを沙帆ちゃんは手で払った。サンドイッチにはさまれていた薄切りのきゅうりが、チャイルドシートのまわりに散乱した。

「沙帆！」

船場さんが声をあげる。それでも沙帆ちゃんは泣くことをやめなかった。長い子育ての、その日々のほとんどがうんざりするような時間で成立していることを僕は思い出した。希里子と希穂がいたときだってこんなシーンは何度もあった。僕は思わず言った。

「少しだけ」

ここまで来た沙帆ちゃんに海を間近に見せてやりたかった。海そのものに触れてほしかった。僕はドアを開け、傘をさして、後部座席のドアを開け、チャイルドシートのロックを解除して、沙帆ちゃんを抱き上げた。泣いたからなのか、その体は汗でしっとりとしている。彼女を抱き上げたまま海に近づいた。波が近づき、白い泡を残しては、また引いていく。その波に腕に抱いた沙帆ちゃんのサンダル履きの足を浸した。最初は怖がって足を引っ込めていたが、次第におもしろがって足を自分から伸ばす。波の中に立ちたがったので、彼女を砂浜に降ろした。むっちりとした両足で沙帆ちゃんが海岸に立った。彼女に傘を傾け、波に引きずられないように片手はしっかり握っていた。僕のシャツの左肩はもうすっかり雨に濡れていた。

「これ、海？　海？」僕を見上げながら沙帆ちゃんが尋ねる。

「そうだよ。今日は雨だけど、これが海」

波が足で弾けるのがくすぐったいのか、沙帆ちゃんが楽しげな声を上げる。彼女の手を握ったまま、僕は海を見た。鈍色《にび》の水のかたまり。海も砂浜も灰色のグラデーション。鮮やかな色は沙帆ちゃんの着ているTシャツの赤い水玉だけで、そこにだけ生が息づいているような気がした。この海はアメリカまで繋がっている。けれど、アリゾナには海がなかったはずだ。いつ、希穂は大きな海を見るのだろう。

気がつくと、隣には船場さんが立っていて、僕のほうに傘を傾けている。彼女の顔を雨が濡らし、一筋の髪の毛が顔に貼り付いていた。

「ありがとうございます。もう沙帆も気が済んだと思います」

そう言う船場さんの手を僕は握った。何かを思っての動作ではなく、動物的な反射だった。あたたかな手だった。沙帆ちゃんの熱っぽい手のひらともまた違う。そういうぬくもりに触れたのはもう随分と久しぶりのような気がしていた。船場さんも僕の手をふりほどいたりはしなかった。海のなかに雨が降っている。雨はもう雨ではなく、海水になってしまう。その境目はどこにあるのだろう、と僕は鈍色の海を見ながらぼんやり思っていた。

雨はさらに強くなってきた。再び泣きべそをかき始めた沙帆ちゃんを、船場さんは半ば強引に車に乗せ、タオルで全身を拭いた。僕にも別のタオルを船場さんが差し出す。タオルからはよその家のにおいがした。僕らは車のなかで船場さんの作ってきたサンドイッチを食べた。

「泳げなかったねえ」と沙帆ちゃんがサンドイッチを口に入れたまま大きな声で言う。

「また来よう」

沙帆ちゃんの隣に座っていた船場さんがまぶしそうに僕の顔を見た。

「また晴れた日に泳ぎに来よう」

「うん！」という沙帆ちゃんの口からサンドイッチの欠片がこぼれた。

はしゃぎ過ぎたせいか満腹なのか、帰りの車中でも沙帆ちゃんは眠ってしまった。

「あんなにうれしそうなあの子見るの、久しぶりです。本当にありがとうございました」

「こんなことならいつでも」

そう言ってバックミラーで眠っている沙帆ちゃんを確認した。短いスカートからむっちりとした太腿があらわになっている。そこに赤紫の痣《あざ》のようなものが見えたが、もしかして生まれつきのものではないか、とそれについて何か言うのをやめた。

「にーたんとばいばいしたくないよう」

マンションに着くと、沙帆ちゃんは寝ぐずったまま泣いた。時間は午後六時少し前だった。雨は帰り道にはあがり、マンション付近は降っていなかったのか、道路が乾いている。

「だめよ沙帆、明日も保育園あるよ。ごはん食べて早くねんねしないと」

「少し一休みしませんか？　僕、コーヒーを淹れますよ。船場さんも疲れたでしょう」

困惑の表情が船場さんの顔に広がったが、僕は船場さんにコーヒーを淹れ、それを二人で飲みたかった。沙帆ちゃんはまるで自分の家のように僕の部屋に上がる。希穂のおもちゃをクローゼットから出してあげた。ぬいぐるみ、人形、積み木、どれも希穂が残していったものだった。リビングのラグの上に足を投げ出し、沙帆ちゃんは一人遊びを始めた。僕は船場さんをダイニングテーブルの椅子に座らせ、キッチンでコーヒーを淹れた。船場さんは見るともなしに部屋のなかを見回し、

「綺麗にしてらっしゃいますね。うちとは大違い」と言った。

「寝に帰るだけですから」

コーヒーカップを船場さんの前に出すと、彼女はカップを手に取り、うっとりするように香りを嗅いだ。

「こんなふうにコーヒーを淹れてもらうなんて久しぶりです」

「よかったらいつでも淹れますよ」

僕の本音だった。

「今日は本当にありがとうございました。沙帆、わがままばかり言って……誰に似たのか、言い出したらきかないところがあって……いえ、沙帆の性格じゃないですね。私の

育て方が間違っていたのかも」そう言って船場さんはため息をひとつついた。

「夫にも、元の夫にも、何度もそう言って責められました」

船場さんがほんの少しの間だけ泣いた。なんと言葉をかけていいかわからなかった。僕はテーブルの上に投げ出されたように置かれた船場さんの手に触れた。

「あ、あの絵」

話題を変えるように船場さんが声をあげ、僕の手からするりと自分の手を離した。リビングと寝室の間の引き戸は開けたままだった。船場さんの座る場所から、チェストの上の絵が目に入ったのだろう。

「なんていう絵ですか……」

「ああ、あれは『湿りの海』という絵ですよ」

「いつかテレビで見たことがあったんです。それが印象に残っていて。なんていう絵だったんだろう、とネットで調べてもわからなくて……」

結婚しているときに見たのか、それとも離婚してから見たのか。あの陰鬱な絵が印象に残っているとしたら、彼女の結婚生活がうまくいかなくなってからだろう、という気がした。僕もそれ以上のことを言わなかった。妻がその絵を好きだったこと。妻がその絵をこの部屋に置いていったこと。けれど、なぜ、妻はこの絵が好きだったのだろう、その理由を尋ねたこともなかった。あなたは自分以外のことにはまるで興味がないのよ。

いつか、そう僕を詰《なじ》った妻の言葉が耳のそばで蘇るような気がした。

船場さんと飲んだコーヒーはおいしかった。時折、沙帆ちゃんがぬいぐるみを片手にやって来ては、船場さんの膝の上に顔を埋めるように甘える。未来、という言葉が頭に浮かんだ。僕が沙帆ちゃんのパパとして生きる。船場さんの夫として生きる。何を馬鹿な、と思いながら、ここにある風景は家族そのものじゃないか、と思った。甘い妄想を遮るように船場さんが母親の声で言った。

「もう、おいとましましょう。沙帆。夕ご飯の準備もあるのよ」

「や！」沙帆ちゃんが激しく首を振る。

「僕、何か簡単なものでも作りましょうか」

「いえ、そこまで沢渡さんに甘えることはできません。それにこの子、偏食とアレルギー持ちで食べられるものも限られていて」

船場さんの眉毛が下がる。そう言われて僕もそれ以上無理強いはできなかった。沙帆ちゃんが手にしていたキリンのぬいぐるみを船場さんが僕に渡そうとすると、さらに沙帆ちゃんが泣き叫んだ。

「やだ。沙帆のキリンさん！　やーだー」と床の上で転げ回る。

「もう僕には必要のないものですから」

しゃくりあげている沙帆ちゃんにぬいぐるみを渡した。沙帆ちゃんは自分のものだ、と言うようにそれをぎゅっと胸に抱く。

「本当にわがままばっかりなんですこの子」船場さんが頭を下げる。

「にーたんといる、沙帆はにーたんといる！」

そう叫びながら、釣られたばかりの大魚のように体をうねらせる沙帆ちゃんを抱えて、幾度も頭を下げ、船場さんは隣の部屋に帰って行った。帰り際、さっき見た沙帆ちゃんの太腿の痣が目にとまった。ドアが閉められて、僕は小さくため息をついた。

船場さんが部屋に帰ってからも沙帆ちゃんの泣き声は終わりなく聞こえてきた。海に連れて行ったことで興奮させてしまったのかもしれないと思う。そう思うと船場さんに申し訳ない気持ちが浮かんだ。僕は冷蔵庫にあった余り物の食材でなんと名前をつけていいのかもわからない炒め物を作って、それをビールで流しこむように食べた。

午前二時にアラームをかけ、FaceTimeの着信を待ったが、先週と同じように時間になってもホーム画面のままだった。もしかしたら、希穂の具合がまだ悪いのかもしれない、と思った。こちらからかけて先週のように希里子の不機嫌な顔を見ることも嫌だった。しばらく待っていたが僕はあきらめて、ベッドに横になった。

そして、また、同じ夢を見た。けれど、出て来たのは希里子と希穂ではなく、船場さんと沙帆ちゃんだった。彼女たちがいるのは、雨でじっとりと重くなった砂浜の下の暗闇。僕はいつもの夢のように牛骨を手に彼女らを迎えに行く。黒い犬はなんなく手なずけることができた。僕は二人の名を呼ぶ。僕は絶対にうしろをふり返らない。彼女らの小さな足音が聞こえる。しばらく闇のなかを歩くと、波と雨の音が聞こえてきた。そこに誰かの声が混じる。はるかかなた、後方から駆け寄ってくる小さな足音。

「ダディ！」

希穂だった。その声に僕は思わず後ろをふり返ってしまう。希穂の細く折れそうな腕が僕の太腿あたりを締めつける。顔を上げると視線の先に船場さんと沙帆ちゃんが見える。彼女たちの体は砂でできていた。船場さんと視線を交わした途端、二人の体が足元に寄せる波で崩れていく。ああ、と思う間もなく、二人の体は波に溶け、海にさらわれていく。希穂が僕の顔を見上げる。

「ダディはいつまでも希穂のダディでしょう？」

そうだよ、と答えようとしているのに、僕の口はまるで糊で塞がれたように動かない。そこで目が醒めた。希穂という娘がいるのに、沙帆ちゃんと海に行ったこと。希穂が残したキリンのぬいぐるみを彼女にあげてしまったこと。自分の心のどこかにかすかにあった罪悪感がそんな夢を見させているのかもしれなかった。どんなことがあっても僕は希穂のパパだよ。僕は心のなかでつぶやいて再び目を瞑った。

僕と船場さんと沙帆ちゃんはその日以来、日曜日を共に過ごすようになった。けれど、夕食を共にしたことはない。船場さんと沙帆ちゃんが僕の部屋に来たことは何度かあったが、僕が彼女たちの部屋に招かれることはなかった。こんなふうなつきあいの最終地点がどこにあるのかはわからなかったが、僕にとっては彼女らと過ごす日曜日は激務ともいえる平日の終わりに訪れる休符のようなものだった。梅雨は明け、真夏の日々が続いた。また絶対に海に行こう。そういう約束を沙帆ちゃんと交わした。

金曜日の夜に終わらない仕事を会社で続けていると、同じようにまだ残っていた園部が僕のデスクのそばに来て言った。

「宮田さん、がっかりしてましたよ、メッセージ送っても全然返事が来ない、って」

「最初から僕なんかとつきあう気はないだろう」

「それがまたまたどうして、結構本気だったみたいで……日曜日にメッセージを送っても返事が来ないから、沢渡さんに誰かいるんじゃないかって……」

「まさか。それどころじゃないよ」

「でも、いい感じに日焼けして、なんだか楽しそうですよ沢渡さん」

毎週日曜日に公園に行って沙帆ちゃんと走り回っているのだから日焼けぐらいはするだろう。けれど、親しい園部にも船場さんや沙帆ちゃんのことは話すつもりもなかった。同じフロアに越してきたシングルマザーと親しくしている、などと口にしたら、園部に茶化されるに決まっている。

そう言って園部がついと上質な白い封筒を差しだした。

「結婚式の招待状です。十月の連休にすることにしました。来てくれますよね」

「もちろん」とパソコンのモニターから視線を外さずに言った。

「あ、沢渡さんにスピーチしてもらいたいんで、それだけどうぞよろしくお願いします。だけど、結婚指輪ってバカ高いんすねえ。結婚前に破産しそう」

そう言いながら自分のデスクに戻っていった。思わず、自分の左手の薬指を見た。日焼けをしたせいなのか、指輪のあとは、もうほとんどわからなくなっていた。

残業を終え、熱帯夜の夜道をハンカチで額の汗を拭きながらマンションに辿り着いたのは、いつもより早い午後八時過ぎだった。エレベーターを降りると、船場さんの部屋の前に数人の人が立っている。ドアの向こうから聞こえるのは、沙帆ちゃんの泣き声だ。ドアの外に立っているのに、耳をつんざくような音量だった。その泣き声がいつまでもやまない。時折、ママ、やめて。ぶたないで。という声が混じる。また、歯磨きで困らせているのだろうか、と思ったが、これほどまでに泣くだろうか。いつも終電間近に帰ってくるので、この時間帯に沙帆ちゃんがこんなふうに泣いていることを知らなかった。

僕は前に出て、玄関のチャイムを鳴らす。何度も、何度も。反応はなかった。ドアを叩き「船場さん！　船場さん！」と控えめな声で呼んだ。

「あ、あとこれ」

「何度も呼んだのよ、それでも出てこないの」

隣に立っている左内さんが言った。

「毎晩、毎晩こうよ。深夜だってそうでしょう。虐待でもしてるんじゃないかって児相にも連絡したの」

児相。という言葉に、胸の内側を一筋傷つけられたような気がした。船場さんが虐待をしているなんてありえない。事をなぜ大ごとにしているのか、と左内さんをにらむと、まわりにいた人たちは左内さんの言葉に大きく頷いている。僕はもう一度、ドアを叩いて船場さんの名前を呼び、沙帆ちゃんの名前を呼んだが、泣き声が大きくなるばかりだった。

「僕が部屋から電話してみますから、ここはもうこれで」

この騒ぎをこれ以上大きくしたくはなかった。僕が電話をしてみますから。という言葉に左内さんの目の色がかすかに鋭くなったような気がした。ドアのまわりにいる人たちがそれぞれの部屋に帰って行くのを見届けて、僕は部屋に入り、船場さんに電話をかけ続けた。けれど留守番電話のメッセージがくり返されるだけだった。LINEにもメッセージを送るが既読にはならない。

「なにか助けが必要ならばいつでも連絡をください」

と、最後に打って僕は着替えることもなく、ソファに横になった。沙帆ちゃんの泣き声はまだ続いている。虐待。まさか、という想いとは裏腹に浮かんできたのは、いつか見た沙帆ちゃんの太腿の赤紫の痣だった。あれが。まさか。そんなことを考えているうちに眠りについた。夢うつつのなかで、自分の部屋のチャイムが鳴っていることに気づいた。枕元のデジタル時計は午前四時半。沙帆ちゃんの泣き声はもう聞こえない。僕は立ち上がり、廊下を進んで、ドアを開けた。目の下にクマを作った船場さんが、なぜだかくしゃくしゃの白いブラウス姿で立っていた。いつもまとめられていた髪もほつれている。

「私……虐待なんかしていません」

小さな声で船場さんは言った。僕はそう言う彼女を抱きしめていた。わかっている、というつもりで。僕の腕のなかにすっぽりと収まってしまう彼女の体は思いのほか小さかった。彼女から涙のにおいがする。それは沙帆ちゃんと海に行ったときに嗅いだ海のにおいにも近かった。僕はドアを閉め、玄関の三和土で、彼女のくちびるに触れた。彼女の手とは違い、くちびるはひんやりと冷たかった。もう一度、くちびるに触れようとしたそのとき、遠くのほうで泣き声がした。船場さんの部屋からその声がする。はっ、として、彼女の顔が母親に戻る。それでも、彼女はもう一度、僕のくちびるに触れた。そして、僕の腕を摑んだまましゃがみ込む。

「子どもなんか産まなきゃよかった……」

かすかに聞こえるような声で、そう言ってほんの少しの間泣き、手のひらで涙を拭って立ち上がった。

「それでも、行かなくちゃ」

船場さんが無理に笑顔を作った。

そう言って彼女は去った。

土曜日と翌日の日曜日は雨で、僕はスーパーマーケットとクリーニング屋に行った以外は部屋を出なかった。おりを見て、船場さんのドアのチャイムを鳴らしたが反応はない。沙帆ちゃんの泣き声すら聞こえなかった。幾度か電話をし、メッセージを送ったが、どちらにも返信はなかった。船場さんと沙帆ちゃんと出会う前の週末に戻ったかのようだった。僕はソファに横になりながら、こめかみの重い鈍痛に耐え、それでも何か連絡が来るのではないかと、スマホを常に握りしめていたが、それが震えることはなかった。船場さんと沙帆ちゃんが家にいるのかどうかもわからない。隣の部屋に誰かが生活をしている、という気配がない。夕飯時になっても、何かを作っている気配も臭いもしなかった。

これで船場さんとの関係がぷつりと切れた凧糸のように終わるとも思えなかった。けれど、その予感はあった。希里子も希穂もそうやって自分の前から姿を消したのだから。

そして、その予感は本当になった。明け方に玄関で船場さんを抱きしめ、くちづけをしたのが、彼女を見た最後になった。

彼女たちに会えなくなっても僕は考え続けていた。

万一、沙帆ちゃんが船場さんに虐待を受けていたとして、どうするのが、いちばん良かったのだろう。このマンションでいちばん彼女らと親しくしていたのは自分だ。左内さんのようにいきなり児相を呼ぶ、というのはあまりに乱暴だろう、という気がした。船場さんは虐待をしていないと言った。それを信じたかった。僕が彼女を支えさえすればいいのではなかったか。けれど、日曜に会うだけで、平日は終電間際に帰ってくる自分にそれができるとも思えなかった。そのことを希里子にも責められていたのだから。僕が希里子を支えず、毎晩遅くまで仕事をしている間に（そうすることが彼女たちの生活を支えることになると僕は考えていたが）、希里子は結局、ほかの男と恋に落ち、希穂はほかの男をダディと呼ぶようになった。同じループだ、と僕は思った。同じ円環を僕はぐるぐると回っている。

お盆を過ぎて、風や日の光は確実に秋に向かっていた。

船場さんたちがこのマンションから姿を消して一カ月が経とうとしていた。土曜日の午後、クリーニング屋から帰ってくると、船場さんたちの部屋のドアが開け放たれている。見るつもりもなく、部屋を覗いた。もうそこには、彼女らの生活の痕跡は一切残されていなかった。ハウスクリーニングの業者が入っているのか、玄関から続く廊下の壁に大きな白いバケツとモップが立てかけられていた。細かい紙屑も、ほこりもない。ただ、白いだけの何もない部屋だった。船場さんと沙帆ちゃんという親子がいたのかさえ、曖昧になるほどだ。ぼんやりと立っていると、肩を叩かれた。左内さんが立っている。

「何度か、旦那さんみたいな人がいらしてね。結局、また三人で暮らすことになったみたい。なんだかんだ言ってまた、家族に戻れたなら、それがいちばんいいわよね」

含みのある視線で僕を見つめる左内さんに耐えきれず、僕は部屋に戻った。床にクリーニングの袋を投げ出したまま、手も洗わず、ベッドに横になった。デニムの後ろポケットでスマホが鳴っている。FaceTime の着信音だ。何かあったのか、と画面をタップすると、希穂の顔があらわれる。彼女の顔は丸くなり、僕といたときの面影がどんどん消えて行く。ダディ、ダディ、今、どこにいるの？　希穂の声がする。まるでこの世の果てから聞こえるような声がする。希穂、ダディはいったい、どこにいるんだろう？　教えてくれないかな。ダディはトウキョウよ。ダディはジャパンのトウキョウに住んでいるの。希穂が英語でそう答えると、画面が突然黒くなった。

『湿りの海』が目に入る。船場さんと沙帆ちゃんも、この絵のなかに行ってしまったような気がした。いや、違う。ここにいるのは僕だ。僕だけがこの月の表面に取り残されている。女たちは皆、僕の元を離れ、消えていく。僕の足元だけがあたたかな泥のぬかるみに浸っているのだ。

星の随《まにま》に

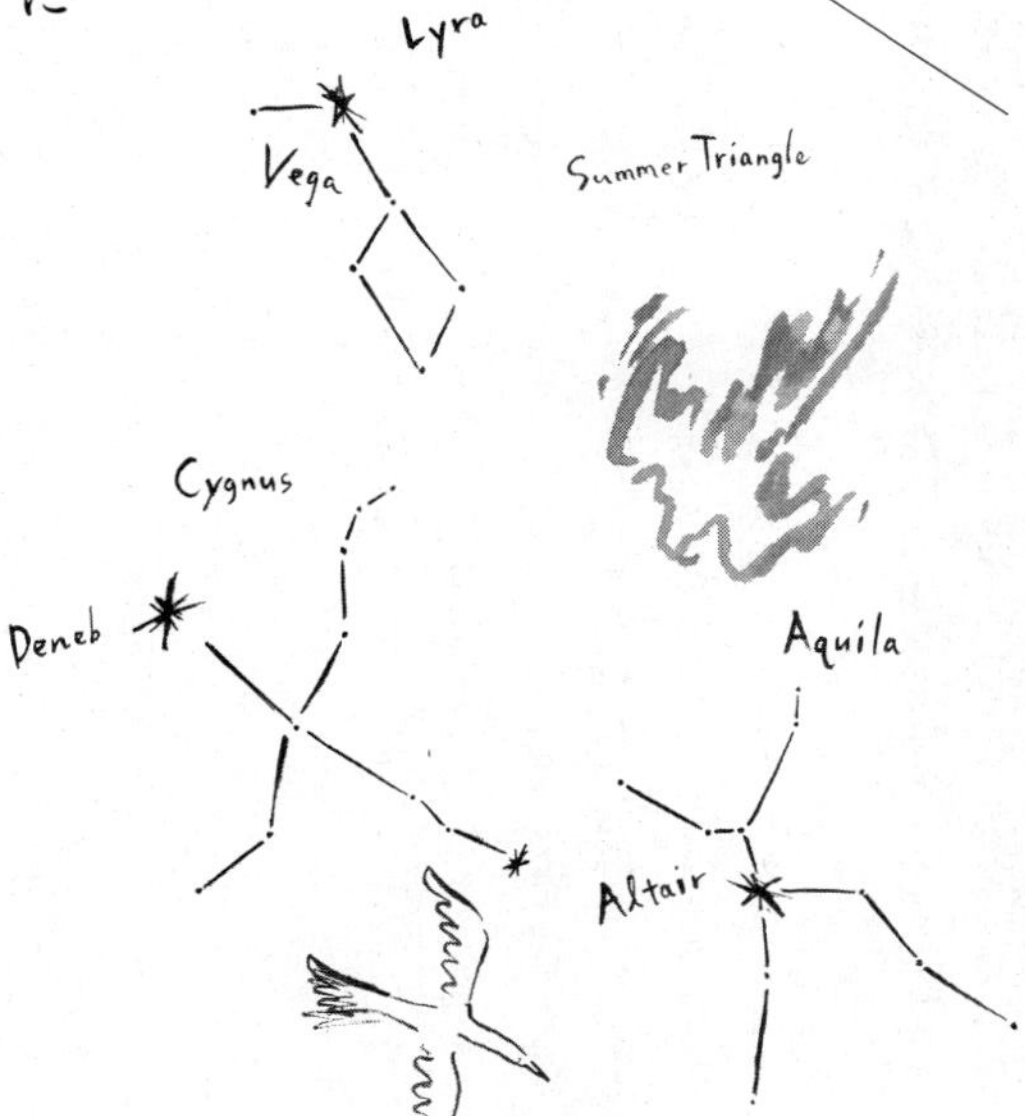

僕が小学四年生になった春に生まれた弟は海君《かい》という。

学校から帰ると、まずは洗面所。マスクをゴミ箱に入れて、洗面所で手を洗って、うがい。それからアルコールジェルを手に擦りつける（そうしないと渚《なぎさ》さんに叱られる）。

窓際のベビーベッドに近づいて、渚さん（僕の新しいお母さん、小学二年生の春から、いっしょに暮らすようになってもう二年になるけれど、ちょっと頑張らないと僕はまだ、母さんと呼べない）に「いい？」と尋ねると、とっても眠そうな目で「いいよ」と笑いながら言ってくれる。

生まれたときはまるでお地蔵さんみたいな顔をして、ずっと眠ってばかりいたのに、最近の海君は、僕が帰って来る時間には起きていることが多い。ベビーベッドの柵の外からそっと手を入れて、指を伸ばすと、僕の指をがしっと摑んで離さない。そうして、僕の指を自分の口のそばに持っていこうとする。「だめだめ」と僕は言いながら、海君の拳から自分の指をそっと引き抜く。海君が僕のほうに顔を向けて、しっかり目を見て笑う。かわいい、と僕は思う。「あー」とか「うー」とか言葉にならない声も出すようになった。まるで歌っているみたい。

「想君《そう》、おやつ食べる？」

渚さんがテーブルから僕を呼ぶ。

「うん」と言いながら、僕は椅子に座る。父さんが作ったカップケーキとミルク。僕の父さんは駅前でカフェを経営している。夜は遅くまでお酒を出す店にもなるけれど、最近はコロナのせいでそれも叶わなくなった。

「コロナでぜんぜんだめだね」

最近の父さんの口癖はそれだ。言うたび、なんとなく父さんの顔が疲れていくような気がして、それがとても心配。それでもチョコレートとナッツの載ったカップケーキはいつもの父さんの味で、こんなにおいしいものを作れる父さんは本当にすごいと僕は思う。

「渚さんは、あ、えっと、母さんは食べないの？」僕が言うと、

「海君産んでから体重が戻らないから我慢しないと」とまるで歌うようにそう言って、僕が飲み干したミルクを注いでくれた。渚さんも目の下にクマを作って、父さんと同じ

ように疲れた顔をしている。

「今日、塾、何時から?」

「ええと、六時半から」

「お弁当頑張らなくちゃ」

ええっと渚さん、疲れているときは無理しなくていいんだよ。海君の面倒も見なくちゃいけないしハンバーガーを買って済ませている子だっているんだから、と僕は言いたいのだけれど、それがうまく言葉にできない。

いつか「お弁当いらないよ」と言ったこともあるんだけれど、「育ち盛りの子どもがだめよ」と言われただけだった。

塾が始まるまで、僕は自分の部屋で学校の宿題を済ませた。僕の中学受験は、そもそも僕の本当の母さんが決めたことで、それに父さんが反対して、喧嘩になったことも知っている。

「遊び盛りの子どもが塾通いで午後十時過ぎまで外にいるなんて!」と、父さんが怒鳴っていた声も聞いた。今でも、時々、時々だけれど、父さんと母さんの言い争っている声が僕の耳をかすめることがある。お風呂に入っているときとか、学校の帰り道なんかで。あのときはつらかったなあ、自分。そう思って僕は涙が浮かんできそうになると、お風呂場でシャワーを顔にかける。だけど、今も少しつらいよなあ自分、と僕は思う。

母さんに、本当の母さんに会いたいときに会えなくなってしまったからだ。

宿題を終えた僕は、塾のリュックに渚さんの作ってくれたお弁当を入れて、駅に向かう。保育園の帰り、だろうか。小さな男の子が買い物袋を手にしたハイヒールのお母さんと手を繋いでいるのを見たりすると、僕の胸はきゅっとつらくなる。

どうして、父さんと母さんが別れてしまったのか、その本当の理由を僕は知らない。父さんも母さんも話してくれなかった。どうして好きなときに母さんと会えないのかもわからない。そのことが時々とっても苦しい。僕は気づけば父さんに引き取られ、渚さんと暮らすようになり、海君が生まれた。渚さんのことだって海君のことだって僕は好きだ。だけど、本当のことを言えば、母さんが好きな気持ちよりも、それはずっと少ない。でも、それは誰にも言えない。

電車に十分くらい乗って、塾のある大きな駅に向かう。駅直前のカーブするところで、線路際のいくつかのマンションが電車に迫ってくるように見える場所がある。まるで部屋の中が覗けるくらいに。僕はひとつの部屋に目をやる。ベランダにパキラの大きな木があるからすぐわかる。あのパキラは、僕と父さんと母さんと三人で暮らしていたときからあったものだ。部屋の灯りはまだついていない。あそこに母さんが住んでいる。

三カ月に一度、僕は母さんに会える。その日以外、僕は母さんに会えない。どうしてかは知らない。塾の帰り、僕は行こうと思えば母さんのマンションに行くことはできる。

だけど、僕がそうすることで、母さんはまた、父さんに大きな声を出されるかもしれなくて、そう思うと、どうしても行けなかった。

それでも、母さんの住む町で勉強をしている、ということが僕はうれしかった。塾に行くのは正直好きじゃないけれど、僕はこの町に来るために塾に通っているようなものだった。

塾の帰りは頭が熱を持ったみたいに疲れる。帰りの電車の中でも母さんの部屋を見た。カーテン越しに蜂蜜色の灯りが灯っている。おかえり、ただいま、と僕は心のなかでつぶやいてみる。

自分の住む町に帰ると、改札口に父さんが待っていた。

「おう、お疲れ」

そう言う父さんからほんの少し、お酒のにおいがする。コロナという病気が流行って、父さんの店が夜に閉まるようになってからそうだった。夜に、家にいるとき、父さんはお酒を呑むようになった。僕はお酒のにおいが得意じゃない。父さんと母さんが言い争いをしているとき、父さんからよくお酒のにおいがしたから、そのときのことを思い出してしまう。

「コンビニ寄るか？」

塾の帰りに父さんはいつもそう言う。僕は欲しいものなんてないけれど、それでも小さなグミとかチョコを買ってもらう。父さんはビール。コンビニから出て二人並んで歩く。線路を渡ると、父さんの店がある。父さんの足が止まる。

店の灯りは消えたままで、いつもは外に置いてある看板も店の中にしまってある。お店のある通りはまるで死んでいるみたいに静かだった。隣の焼き鳥屋さんも、その隣の鰻屋さんも閉まってる。町が少しずつ死んでいくみたいな気がした。

「どうなるんだろうな、これから」

父さんは少し苦しそうにそう言って、立ち止まり、店を眺めている。僕は少し恥ずかしかったけれど、父さんと手を繋いだ。父さんに元気になってほしかった。

「想が中学受験するんだから頑張らないとな」

父さんは自分に言い聞かせるように言った。

父さんは僕の中学受験に反対していたはずなのに（それで母さんとも喧嘩になったのに）、いつの間にかこんなことを言うようになっていたのが不思議だった。もしかしたら、だけど、僕は思っていることがある。僕の塾のお金は母さんが出しているのかも、なんて。

だって、コロナが流行ってから父さんの仕事が大変になっていることは小学生の僕にだってわかる。それに僕の家には海君も生まれた。これから子どもも二人分のお金がかかるのだし、僕の家にはお金が有り余っているわけでもない。マンションのローンだってある。

父さんと二人、マンションの部屋に帰ってそっとドアを開けた。手洗い、うがい、アルコール消毒。灯りがついたまま、海君はベビーベッドで、渚さんはリビングのソファで眠っていた。窓際のベビーベッドに近づく。目をぱっちりと開けた海君が僕の顔をしっかりと見た。僕は海君のことがすごくかわいい。

理科の授業で夏の大三角形のことを習った。星の話だ。白鳥座のデネブと織り姫星のベガ、彦星のアルタイル。それを結んだものを夏の大三角形と呼ぶそうだ。

「この町じゃ見られないだろうけどなあ……プラネタリウムなら見られるかな……でも、コロナでプラネタリウムもやってないか……」

先生が独り言のように呟いた瞬間に授業の終わりを知らせるチャイムが鳴った。

マスクをつけて学校に行くことも、授業を受けることにももうすっかり慣れてしまったけれど、夏が近づくにつれて、マスクは本当に息苦しく感じるようになった。それでもマスクをしていないと先生に叱られるから、僕はトイレや廊下の陰でマスクをずらして深呼吸した。

プラネタリウムには、まだ幼稚園の頃、父さんと本当の母さんと行ったことがある。それが人工の灯りでも、あんな星空、僕は見たことがなかった。暗くなって、まるで雨が降るように星が見えたとき、思わず「うわあ」と声が出て、父さんと母さんが同時にくすりと笑った。あのときのことを思い出すと、また、胸のあたりをつねられたような痛みが走る。

学校で唯一の友だちといってもいい中条《ちゆうじよう》君と昼休みに図書室に行った。中条君は多分、小学四年生のなかで一番といっていいくらい勉強ができる。同じ塾に通っているけれど、中条君は、塾のなかで一番頭のいいクラスだった。もちろん、僕はそのクラスじゃない。

図書室の椅子に二人で並んで『星座の図鑑』という本を眺めた。

「お盆の頃はペルセウス座流星群の時期なんだよ。一時間に百個くらい流れ星が見られるよ」

「中条君はなんでも知ってるなあ。中条君、その流れ星見たことあるの？」

「うん。去年の夏休みに行ったんだ長野に。キャンプして……父さんと」

父さんと、と言うとき、中条君が少し言いにくそうだった。中条君の家も僕の家と同じく離婚している。それはクラスメートには堂々と言えない僕らの秘密で、それが僕らを結びつけてもいた。中条君は今、母さんと暮らしている。

「今年も行くんだ」

「いいなあ……」

母さんと暮らしていることも、父さんとキャンプに行くことも、中条君のことが心からうらやましかった。

「ねえ、中条君、お父さんと話、できるの？」

「えっ、どういうこと？」

「いつでも連絡とれるの？　お父さんと」

「うん、いつだって電話してもいいんだ。もちろん、昼間は父さん、仕事しているからしないけど。ＬＩＮＥも交換してるよ」

「へーーーっ」

僕は驚いてしまった。父さんと母さんとの間でどういうやりとりがあったのか知らないけれど、僕が母さんと会う日は父さんから知らされて、僕は勝手に母さんに連絡することができない。そのことが寂しくて、少し、もどかしくもあった。

「いいなあああ」

僕がそう言うと、

「お父さんに頼んでみればいいじゃないか。子どもとして当然の権利だよ」

と、中条君は眼鏡をくいっと中指で上げながら言った。

「子どもとして当然の権利、かあ」

中条君は難しい言葉を知っているなあ、と僕は思ったけれど、確かにそう言われてみればそうだ。本当の母さんに好きなときに連絡できない、というのはやっぱり少しおかしい。僕はその日、ランドセルを背負ってマンションへの道を歩きながら、いつか父さんに話してみようか、とドキドキしながら思っていた。

オートロックの扉が開いて、冷房のひんやりした空気を感じながら、僕はエレベーターホールに向かった。もちろん僕は自分の家の鍵を持っている。いつもと同じように玄関ドアを開けたのだけれど、ドアが少ししか開かない。上のドアガードがかかったままなのだ。ということは、渚さんと海君は部屋にいるはずで……。僕はパニックになった。

「渚さーん」とドアの隙間から呼んでも、寝ているのか、返事はない。海君の声もしない。

「渚さーん」と何度も呼ぶけれど、部屋のなかで誰かが動いている気配がない。もちろん、父さんの声もしない。あ、と思った。ふーっと僕は息を吐いて、

「母さーーん」と呼んでみた。

何度呼んでも同じことだった。なんの反応もない。僕はあきらめてドアを閉めた。こんなことは初めてだった。優しい渚さんが僕を閉め出すはずはない。多分、海君とぐっすり眠っているんだろう。

父さんの店に行こうか、とも思ったけれど、昼間の忙しい時間に働いている父さんの手を煩わせるのも嫌だった。仕方なく、僕はエレベーターで一階に降り、エントランス

のところにあるソファで待つことにした。このソファで遊んでいる子どもも時々いるから、僕がソファに座っていても、通り過ぎる人は僕を変な目で見たりしなかった。

僕は仕方なく、今日、図書室で借りた『星座の図鑑』をランドセルから取り出して眺めることにした。だけど、もしかしたら、渚さんと海君に何かあったんじゃないかと心配になってきた。救急車や警察の人を呼んだほうがいいのかな？　と考え始めたら気が気ではなかった。だけど、僕の携帯も家のなかだ。もしかして、管理人さんに言ったほうがいいのかな？

そんなことをぐるぐる考えていると、突然、オートロックの扉が開いた。

一人の腰の曲がったおばあさんが、買い物カートを押しながら入ってきた。カートから、セロリの黄緑の葉が飛び出している。僕のおばあちゃんたち（父さんや母さんや渚さんの）より、ずっとずっと年老いたおばあさんだった。白髪をターバンみたいな派手な布でまとめて、耳に大きな石のイヤリングをしている。大きなフレームの眼鏡がおばあさんの目をずっと大きく見せていた。皺だらけの指には真っ赤なマニキュア。僕が知っているようなおばあさんではない。とっても派手なおばあさんだった。だけど、このマンションで会うのは初めてだった。おばあさんがじーっと僕を見る。ちょっと居心地が悪かった。おばあさんの視線が僕の開きっぱなしのランドセルの上で止まる。

「あなたはここで何をしているの？」

おばあさんがはっきりとした声で言った。

「あの、あの、ドアが開かなくて……」

「中に誰かいるの？」

「はい」

「それはおかしいわね。私が部屋に行きましょうか？」と言い終わらないうちにおばあさんは、一階の一番端の部屋の前に買い物カートを置き（多分そこがおばあさんの部屋なのだろう）、エレベーターホールにずんずんと歩いて行ってしまう。僕はランドセルを抱えて慌てて後を追った。二人でエレベーターに乗り込む。

「何号室？」

僕が部屋番号を言うと、おばあさんが手にしていた鍵で五階を押した。僕はなんだか胸がどきどきしてきた。エレベーターを降りておばあさんは迷わず僕の部屋の前に進む。そして、ドアチャイムを鳴らす。やっぱり返事はなかった。僕は鍵でドアを開けた。やっぱり上のドアガードはかかったままだ。

「渚さーーーん」と僕は叫んだ。

「あら、お母さんじゃないの？」とおばあさんが言ったので、僕は慌てて「母さーん」とドアの隙間から叫んだ。それでも返事はない。すると、おばあさんがドアを拳で叩き始めたので僕は目を丸くした。廊下中におばあさんがドアを叩くガンガンという音が響き渡る。部屋の奥でかすかに音がした。ドアの隙間から覗くと、渚さんが本当に眠そうな顔で廊下を歩いてくる。

「渚さーん！」

僕はちょっと泣きそうな声で言った。

「そんなに叩いたら海君起きちゃうよ」

渚さんは僕が今まで一度も見たことのないような少し怒ったような顔でドアを開けた。渚さんの髪はくしゃくしゃで、目の下には黒いクマができている。朝食のときに前髪を留めていたクリップみたいなものもそのままだ。それでもドアを開けてくれた。

後ろをふり返ると、おばあさんがエレベーターに乗ってこっちを見ている。僕は慌てて頭を下げた。僕が部屋に入ると、渚さんはソファにどさりと体を横たえた。僕は洗面所に行って、手洗い、うがい、アルコール消毒。ベビーベッドに近づくと、

「今、せっかく寝たばかりなんだから！　駄目よ！」と渚さんの尖った声が飛んできた。渚さんのそんな声を聞くのも初めてだったので、僕はその場で飛び上がりそうになった。

渚さんと出会ってからというもの、一緒に暮らすようになったって、僕は「駄目！」なんて言葉をかけられたことがない。渚さん、ドアガードが外されていなかったよ、と言いたかったけれど、うまく言葉にできない気がした。また、叱られるかと思ったら怖かった。

「赤ちゃんて、寝てばかりいるかと思ったのに……」

渚さんはそう言ってソファのクッションに顔を埋めた。もしかして泣いているのかな、と思ったら、また少し怖くなった。でも、しばらくすると、渚さんの寝息が聞こえてきた。僕はそっとベビーベッドに近づいた。海君もまるで息もしていないようにぐっすりと眠りこんでいたけれど、目の端に涙のあとがあった。かわいいな、と思ったけれど、海君が本当に生きているのかどうか心配になって、僕は海君の鼻の下に指をかざした。かわいい寝息が指にあたる。僕はほっとしてその場にしゃがみ込んでしまった。海君は渚さんの言う通り、やっと眠ったんだ。だから、渚さんはドアガードを外すのを忘れてしまったんだ。僕はそう思うことにした。

渚さんも海君も夕方になっても起きなかった。今日の塾のお弁当、と思ったけれど、ぐっすり眠っている渚さんを起こすのもかわいそうだ、と思った。仕方がない。今日はハンバーガーでも食べよう。僕はそう思って、渚さんの財布から千円借りた。おつりは全部返すつもりだった。それがこの夜、大きな出来事になるなんて思いもしなかった。

「夕飯も持たせずに塾に行かせるなんてどうかしてる！」

夜更け、リビングから父さんの大きな声がして僕は目を醒ました。

「私だって疲れてへとへとなのよ！」

渚さんの声に海君の大きな泣き声が混じる。

「やめて！」

僕は子ども部屋から飛び出して、リビングの真ん中で立ち尽くしている父さんと渚さんに叫んだ。僕は泣きたくなった。また、同じ。大人たちの喧嘩。

「想は部屋に行っていなさい」これもまた同じ。

「だいたい、何も言わずに財布からお金を持っていくほうがおかしいんじゃないの⁉」

そうだった。僕はうっかりして財布からお金を持って行ったと伝えることも、お釣りを渡すことも忘れていたのだ。

「僕が悪かったんだよ。僕が言い忘れたからいけないの。僕が渚さんの財布から」

僕は泣いた。小学四年生にもなって子どもみたいな泣き方をした。父さんが僕を子ども部屋に追いやる。ドアがぱたりと閉められる。いつまでも父さんと渚さんの声はやまない。海君も泣いている。近頃、夜は特にそうだ。僕のことじゃなくても二人は言い争っている。だから、渚さんも海君も眠れない。だから、昼間、僕が帰ってくるのも忘れて、眠りこけてしまうんだ。きっとそうだ。僕は両手で自分の両耳を塞いだ。どうして僕のいる家はいつもこうなってしまうんだろう……。

その翌日から、僕が帰って来てもドアが開けられることはなくなった。

やっぱり渚さんは海君の世話で疲れて眠りこけているのだろう、とそう思うことにした。僕はまた、マンションのエントランスで本を読んで待った。夕方、午後五時を過ぎれば、ドアは何事もなかったかのように開いている。僕はそのことには触れず、ただ「ただいま」と言って部屋に入った。けれど、渚さんはどこかよそよそしい。きっと僕が部屋にいると、ゆっくり眠れないのだろう、僕がうるさくするし、海君を起こしたりするから、と理由をいろいろ考えてはみたものの、どこか飲み込めないものも残った。大人なのに、まるで子どもみたいだ、とも思ったからだ。

本当は父さんの店で待ったほうがよかったのかもしれないけれど、渚さんが僕を部屋に入れてくれないことがわかれば、また二人の喧嘩の原因になる。そうして幾日か経った。

「また、あなた！」

ふり返ると、あのときのおばあさんが立っていた。

「部屋に一緒に行きましょうか？」とおばあさんは言ってくれたけれど、僕は抵抗した。

「赤ちゃんが夜中に泣くから、母さんが寝られないんです。だから、昼間は二人を寝かしてあげたいから。僕、夕方までここにいます」

「大人みたいなことを言うんじゃありません！」

怒ったようにそう言うと、おばあさんはそう言ったことを後悔したみたいに唇を軽く嚙んだ。そうして何か考えるふうに、こめかみに手をあてた。今日は爪に青みがかったピンク色のマニキュアが塗られていた。

「……仕方がない。私の部屋で待つか」

えっ、えっ、と僕が言っているのに、おばあさんが僕の腕をとる。おばあさんの部屋に行ったら、またやっかいなことになるような気がしたけれど、おばあさんの力は強い。僕は引き摺られるように、おばあさんの部屋の前に連れてこられた。おばあさんが部屋のドアを開ける。ドアのところに吊された鈴のようなものがちりり、と音を立てた。

おばあさんが僕の背中のランドセルをもぎ取るように下ろす。そして、ランドセルを廊下に置いた。リビングに入ると、なにかのにおいが強くした。でも、変なにおいじゃない。

おばあさんの部屋の間取りは僕たちが住んでいる部屋よりも狭かった。リビングの真ん中に大きな木のテーブルがあり、その上に古い本が崩れそうに重なっている。壁際は全部本棚で、その前に描きかけの絵がいくつかあった。これは多分、油絵の具で描いた絵。においの正体はこの油絵の具だ。僕は、描きかけの絵（黒が一面に塗られているだけでなんの絵かわからない）を見、本棚を見た。そんな僕におばあさんが言った。

「どの本も自由に読んでいいから。貸してあげることはできないけれど」

「あの、手を洗わせてもらってもいいですか？」

「ああ、そうね。厄介な時代になったもんだ」

そう言うおばあさんの後について洗面所に行き、二人並んで手を洗った。掌に水をためてうがいをしていると、おばあさんがどこからかゾウの絵のついたプラスチックのコップを持ってきてくれた。コップにはマジックで「三四郎」と書かれている。

「死んだ亭主の」とおばあさんは真顔で言った。亭主、というのはおばあさんの結婚相手だった人、ということは僕にもわかる。僕はまた本棚の前に戻った。

「本が好きなの？」

「はい」と答えたものの、ここに僕が読めるような本はないみたいだった。背表紙が黒ずんで本の名前がわからないものもあるし、英語の本も多い。そんな僕を見ておばあさんが言った。

「三四郎の本がほとんどなのよ。死んだあとにこんなに残されてもねえ」

そう言いながらおばあさんはキッチンに向かう。しばらくすると、おばあさんが銀のお盆を持ってやってきた。ソファに座るようにすすめながら言う。

「まあ、お紅茶でも飲んで待ちなさいな。クッキーもあるわよ」

「いただきます」と僕は言って小さな花がたくさん描かれた紅茶茶碗に口をつけた。小さな紅茶には砂糖とミルクが最初から入っていて、おいしいな、と僕は思った。小さなドーナツの形をしているクッキーは少し湿気っていたけれど、それでもおいしかった。

おばあさんは僕に構わず、キャンバスの前に座り絵筆を動かしていく。真っ黒、と思ったのは間違いで、絵の下に真っ赤な炎が渦を巻いている。

「あの日の夜空を描いているの」

僕が何も言わないのにおばあさんは言った。

「あの日の夜空？」

「……そうこれは、戦争が終わった年に東京が燃えた夜の絵」

日本で戦争があったことは知っているけれど、僕にはあまりに遠すぎる事実だった。黙ってしまった僕に気づいたのか、おばあさんが僕に顔を近づけて密やかな声で言った。

「焼夷弾が落ちてきてね、東京の下町はみんな焼けたの」

「……しょうい、だん？」

僕の質問におばあさんは違うキャンバスを見せた。銀色の飛行機、芋虫のおなかみたいなところがぱかっと開いて、小枝みたいなものが空から落ちている絵だった。

「火の雨と同じよ。これが落ちたところはみんな焼けたの」

そう言っておばあさんは、靴下を脱いで僕に見せてくれた。足首に火傷の痕のようなひきつれがあるけれど、それはもうずっと古い傷のように見えた。

「あなたくらいの時かな……これはそのときの」

「……」

僕は黙ってしまった。それでも尋ねた。

「あの、なんでこういう絵を描くんですか？」

「……………」

今度はおばあさんが黙る番だった。僕は間違ったことを聞いてしまった気がして胸が少しどきどきした。

「さあ、どうしてかしらね？　今、描かないとみんな忘れてしまう気がして」

そう言いながら、おばあさんはまたキャンバスに絵筆を走らせる。僕はおばあさんが絵を描くのを邪魔したくなかったので、おばあさんの後ろのソファに座り、図書室で借りた『星座の図鑑』を読んだ。おばあさんももう喋らなかった。僕は時々キャンバスに目をやって、段々と絵が出来上がってくるところを、ただ黙って見ていた。

午後五時になったので僕は家に帰った。

ドアガードは外されている。僕はたった今、学校から帰って来たように、「ただいま」と言うと、やっぱり眠そうな渚さんが「おかえり」と小さな声で言ってくれた。佐喜子《さきこ》さん（帰り際におばあさんて呼ばないでね、と名前を教えてくれた）のことはもちろん渚さんには言わなかった。言ったら、また、この前のときみたいにやっかいなことになる。塾に行く時間になるまで、僕は自分の部屋で過ごした。ベビーベッドで眠っている海君にも近づかなかった。塾に行く時間になると、渚さんがどこかかたい表情をして、お弁当の包みを渡してくれた。

「……ありがとう、ございます」と言うと、渚さんはどこかぎこちない表情で笑ってくれた。

その日から僕は、佐喜子さんの家で時間を潰すようになった。

それでもはじめは学校から帰ると、いったんは自分の家に行って、ドアガードが外れていないか確かめたけれど、やっぱりだめだった。ふーーーと長いため息をついて、僕は佐喜子さんの部屋に向かった。おやつは湿気ったクッキーから、チョコやキャンディやいろんなお菓子を出してくれるようになった。もしかして僕のために買ってくれたのかな、とも思って、うれしくなった。だって、佐喜子さんは僕がこの部屋に来ることを嫌がっていないんだと思って。僕は相変わらず、古ぼけたソファの上に座り、図書室で借りてきた本を読み、佐喜子さんは絵を描き続けた。あんまりおしゃべりもしなかった。僕は時々、佐喜子さんの出来上がっていく絵を眺めて、時間になると自分の部屋に帰った。

「ねえ、東京って、昔、戦争で燃えたの？」

僕はいつもの図書室で中条君に尋ねた。

「うん。そうだよ、東京大空襲」

そんなことも知らないの、という顔をしないところが中条君のえらいところだ。

中条君が書架の間を歩き回り、一冊の本を僕に見せてくれた。『東京大空襲』という子ども向けの漫画本だった。ページをめくり、中条君が開いたところを僕に見せる。飛行機、じゃなくて爆撃機。東京にたくさん爆弾を落とした爆撃機はB29と言うらしい。佐喜子さんの絵のとおり、B29のおなかから、バラバラと細長い爆弾が町の上に降り注いでいる。「町は一瞬にして、火の海と化しました」という台詞の場面では、大人も子どもも火の海に包まれて苦しんでいる絵があって僕は怖くなった。そして、佐喜子さんの火傷の痕を思い出した。ここに十歳くらいの佐喜子さんがいたのか……と思ったら、なぜだか僕の足も火傷をしたみたいに鈍く痛んだ。

「一晩で十万人以上の人が死んだんだ」

「えっ、そんなに⁉」

「でも、戦争ってそういうことだから」

平然と中条君は言う。

「怖いなあ」

言いながら、馬鹿みたいな感想だと僕は思った。

「でも、今だって戦争みたいなもんじゃないか」

「えっ⁉」

「防空頭巾の代わりにマスクして」そう言いながら、中条君が本のある場所を指差した。

「僕たち、誰かと闘っているの？」

「コロナっていう未知のウイルスじゃないか。世界中で五百万以上の人が死んでさ」

「……そっか」と言ったものの、僕は中条君の言ったことがうまくのみ込めなかった。

だってウイルスは目に見えない。僕の近くにコロナで亡くなった人もいない。自分たちを焼き殺しにやってくるB29のほうが怖いじゃないか、と思ったからだ。

その夜、僕は夢を見てうなされた。

夜空にたくさんのB29が飛んでくる。空襲警報なんて聞いたこともないけれど、火事のときのサイレンのような音が遠くから聞こえる。防空頭巾をかぶった僕は、家族と離れてしまい、一人、たくさんの人の波にもまれていた。火を避けて歩くけれど、すぐ傍で家も人も燃えていて、夢なのにその熱を感じた。父さんも渚さんも海君もいない。たった一人でどうしたらいいんだろう。海君は無事なのだろうか。そのとき、知っている顔が見えた。母さんだった。母さんだけが昔の、じゃなくて、今の服装で、防空頭巾もかぶらないで、まるで仕事に行くみたいに早歩きで歩いてる。母さんの上に焼夷弾が落ちる。母さんの体が火につつまれる。

「母さん！　母さん！」

僕は涙をこぼしながら、叫び、そして目を醒ました。

僕の声が大きかったのか、子ども部屋のドアが開かれ、父さんが僕のベッドに近づいた。

「どうした、想……」

父さんが僕のベッドに腰をかける。リビングのほうから海君の泣く声が聞こえる。まるでサイレンみたいな大きな声だった。

「僕、母さんに会いたい」

母さんというのはつまりは渚さんではない。父さんもすぐにそのことに気づいたようだった。父さんが僕の頭を撫でながら言う。

「今度の日曜日には会えるじゃないか……」

「もっとたくさん、もっとたくさん会いたいんだよう……」

僕は子どもみたいに泣いた。

父さんは困った顔をして僕の顔を見ている。だけど、それが僕の本当の気持ちだった。

「想！」

いつもの公園の、スワンボートが浮かぶ池のほとりに立っていると、遠くから白いブラウスの母さんが大きく手を振っているのが見えた。

「母さん！」僕が叫ぶようにそう言うと、母さんも僕に駆け寄ってくる。僕は母さんが広げた腕に飛びこんだ。いっしょに暮らしていたときと変わらない母さんの香りがした。

僕は小さな子どもがそうするように、池の鯉にえさをやり、スワンボートに乗りたいとせがんだ。母さんと並んでボートを漕いだ。僕は中条君のことや、夏には中条君のお父さんがキャンプに連れて行ってくれるかもしれないことを息継ぎもせずに話した。渚さんや海君のことは話さない。もちろん、あの佐喜子さんというおばあさんの部屋で午後五時まで過ごしているということも。

「想、塾の勉強頑張ってるんだってね」

「えっ」

「父さんが言っていたよ電話で」

父さんと母さんがそんな話をしているなんて、僕はぜんぜん知らなかったので驚いてしまった。

「うん、でも僕……普通の中学でいいんだよ。ほかの友だちも行くんだし……」

「勉強ができるのにもったいないよ」

母さんはそう言って、ハンカチでおでこの汗を拭いながら、力をこめてボートを漕いだ。このボートには三十分だけしか乗れない。ずっとずっと母さんと池の上でボートを漕いでいたいなあ、と思ったら、もう母さんと別れる時間のことを想像して心が重くなった。

それでもボートを降りて、母さんと手を繋ぎながら、線路向こうにある母さんの部屋に向かう。母さんは僕と父さんと離れてから、ワンルームマンションに一人で住んでいる。僕はすぐさまベランダに出て、パキラを見た。僕と父さんと母さんと暮らしているときより、電車の中から見るより、それはずっとずっと大きくなっていた。僕はベランダの隅にあった如雨露でパキラに水をあげた。

キッチンからいい香りがしてくる。母さんが出来上がった料理を次々にテーブルに並べる。ハンバーグ、生姜焼き、唐揚げ……僕の好きなものばかりだった。そんなにたくさんは食べられないと思ったけれど、僕はおなかが破裂しそうになるまで食べた。

夕飯が終わったあとは、母さんと一緒にトランプで遊んだ。いつもの神経衰弱。母さんの目が猫の目みたいに光る。僕とゲームをするときの母さんはいつも真剣だった。まるで子どもみたい。僕はちらりと壁の時計に目をやった。そろそろ、母さんの部屋から帰らないといけない。また、急に寂しくなって僕は思わず言った。

「僕、母さんと暮らしたいなあ……」

まるで、わざと独り言のように言った。母さんの手が止まる。母さんの手が伸びてきて、僕のほっぺを優しくつねった。母さんが座り直して僕に向き合った。

「想……父さんと母さんの勝手な都合でごめんね。……大変な思いしていない？」

「ううん……」

僕が夕方まで家を閉め出されていることはどうしても言えなかった。言ったら母さんが心配する。

でも、なんで僕が母さんではなくて、父さんと一緒に暮らさなくちゃいけないのか、母さんと離れて暮らさなくちゃいけないのか、その本当の理由を僕は知らない。父さんも母さんも何も話してはくれず、いきなり、父さんと渚さんとの三人暮らしが始まったのだった。でも、本当のことを言えば、その理由を聞くのは怖かった。もし、聞いたとしても、母さんも父さんも話してはくれない気がした。

「でも僕、母さんと暮らせないのなら、母さんともっとたくさん会いたいなあ……」

母さんが僕の頭を撫でる。僕はぬるくなってしまった麦茶を一口飲んだ。

「母さん、今、お仕事、一生懸命にしてて、週末もいないことが多いの。母さん、父さんと暮らして、想が生まれてからずっと家にいたでしょう。だから、まだ、うまく仕事に慣れないの。だから、ほかの人より、ずっとずっと頑張らないといけなくて……」

母さんが、父さんと結婚する前にしていた看護師という仕事をしていることは知っている。くわしい仕事の内容は知らないけれど、母さんと会うたび、疲れた顔をしていることも多いから、それがとっても大変な仕事なんだということはわかる。

「あのね……想、想が大学生くらいになったら、一緒に暮らせたらいいな、って思っているの。だから、今は寂しい思いをさせてごめんね……そういう日が来るまで母さん、仕事もっと頑張るから」

「えっ、僕、いつか母さんと暮らせるの？」

「……父さんがいい、って言ってくれたらだけど……」

　母さんの声が急に小さくなった。僕は不安になった。僕が母さんと暮らしたら、父さんはどうなってしまうんだろう？　せっかく海君という弟もできたのに……。僕はさらに不安になった。僕は父さんと母さんとの間で揺れるやじろべえ、みたい。そのとき、ふいに中条君の「子どもとして当然の権利だよ」という声が耳をかすめた。難しいことは知りたくないけど、父さんと母さんが離れ離れになった理由はいつか聞かなくちゃいけない気がした。でも、それはずっと、ずっと、ずーっと先でいい。

「でも、僕、海君と離れるのはいやかも」

　そう言うと、母さんの顔は泣き笑いの顔になった。母さんと暮らしたい、と言ってみたり、海君と離れるのは嫌だと言ってみたり、僕の本心を言えば言うほど、母さんが困るだけなのだ。母さんと離れて暮らすことが決まったとき、僕はそう悟ったはずだったのに。母さんの顔を見ると、つい本音が出てしまう。なぜだか母さんを困らせたくなる。あのときから、僕の本当の気持ちなんて、大人たちには絶対に話さないと心に決めたはずなのに。

　母さんと暮らせる未来があるかもしれない。そのことはうれしいけれど、その未来が来なかったときのことを考えるのが怖かった。

「僕、もう、おうちに帰るね」

おうち、という言葉だって、母さんの心を傷つけているのかもしれない。ううん、きっとそうだろう。おうちに帰りたいか、と聞かれればその答えは、いいえ、だ。だけど、家に帰らないと父さんが心配する。母さんは駅まで送る、と言ったけれど、僕は一人で帰ると伝えた。

「だけどさ、僕、電車の中から手を振るから、母さんもベランダから手を振ってよ」

そう言って母さんと別れた。母さんのマンションが見えるドアの傍に立った。すぐに電車は発車して、母さんのマンションが見えてきた。暗いベランダに母さんとパキラの輪郭が見えた。僕はほかの人の目も気にせず、一生懸命手を振った。母さんの腕が揺れているのがわかる。だけど、母さんの表情はいくら目を凝らしてみても見えなかった。


佐喜子さんの絵はどこが完成かわからなくなっているような気がした。

暗い夜空の黒だけが分厚く、分厚く塗り込められている。

僕はそんな絵に時折目をやりながら、ソファで『夏の星座の物語』を読んでいた。ギリシア神話のなかで英雄として活躍したヘラクレスの物語だった。ヘラクレスは太い棍棒を持ち、腕で窒息させて退治した人食いライオンの毛皮をまとっているそうだ。僕は本を閉じて佐喜子さんに聞いた。

「あの……」

「なあに」

佐喜子さんは絵筆の動きをとめない。

「あの夜は、東京大空襲の夜は、星座が見えたんですか？」

「……」

何も言わず、佐喜子さんは絵筆でキャンバスを指した。

「火の上にはきっと星座が光っていたんでしょうけど」そう言って佐喜子さんは紅茶茶碗を片手で摑み、まるでお酒でも呑むようにごくりと口にした。

「炎の熱と熱さで星座もほどけてしまったんじゃないかしら。こんなふうに」

真っ黒な夜空には所々に星が見えた。確かに星座の形を結んではいるが、その線はまるで溶けているように、だらりとゆるみ、白い線が縦に走っていた。

「……」

そんな熱さでたくさんの人が焼かれたことを思うと僕は何も言えなかった。もし、あの夜、佐喜子さんが死んでいたら、目の前の佐喜子さんはいなくて、僕は渚さんに閉め出されて、どこで過ごしていたんだろ……長い時間の流れと、たくさんの人の苦しみと、世の中にある偶然みたいなものが、自分のなかに入り込んでくるようで、頭のなかがくらくらした。慌てて甘い紅茶を飲んでビスケットを齧った。

そんな僕の頭を佐喜子さんが撫で、僕の隣に座った。二人で黙って佐喜子さんの絵を見た。暗い夜空、B29から落とされるたくさんの焼夷弾、燃えさかる町、そして、溶けてほどけてしまった星座。僕はこの絵を一生忘れないような気がした。

「さあ、これで完成した。……思い残すことなく施設に行けるわ」

「施設？」

「おじいさんとおばあさんがたくさん暮らしているところで生活するのよ」

「えっ……じゃあ、この絵はどうするんですか？」

「素人作家の絵なんて誰も見たいと思わないし、なんの価値もないし……」

僕は目の前にあるたくさんのキャンバスを見回した。そのほとんどが暗い夜空の絵だったが、端のほうに一枚、青空の絵が見えた。この部屋に来て初めて見る絵だった。

「じゃあ、なんで描いたんですか？」

「自分が忘れないためよ……私みたいなおばあさんになると、記憶が少しずつ薄れていくの……だから、これは自分だけのための絵」

「僕、もうここには来られないんですか？」

「……」

佐喜子さんはしばらくの間、黙っていた。部屋の外、多分、ベランダのあたりで鳩の鳴く声がした。

「私がいなくなってしまうからね。……だから、あなたのお父さんとお母さんにあなたのことを話してあげる」

そう言って佐喜子さんが立ち上がり、僕がさっき目にした青空の絵のキャンバスを手にしてソファに戻ってきた。

「これは戦争が終わった日の絵なの。もう焼夷弾は降ってこなくなった。太陽がかっと照りつけていてね、蝉が鳴いていることにその日、初めて気づいたのよ」

キャンバスの青空には、真昼の白い月とどこかに飛んでいこうとする小さな蝉の姿が描かれていた。

「私はあの暗い夜に、父も母も妹も亡くしたの。……だけどね、どんなにつらくても生きていればいいこともあるから」

佐喜子さんはそう言ってくれたが、それはなんとなく佐喜子さん自身に言い聞かせているようでもあった。

「約束してくれる？　どんなにつらくても途中で生きることをあきらめては駄目よ。つらい思いをするのはいつも子どもだけれどね。それでも、生きていれば、きっといいことがある。……私はあなたにこのマンションで出会えて良かった。いつか忘れてしまうかもしれないけれど、なるべくあなたのことは忘れないようにするね」

そう言って佐喜子さんは皺だらけの小指を僕に差し出した。僕はその指に自分の小指をからめた。途中から涙が出てきてしまって、佐喜子さんの膝の上でひとしきり泣いた。壁の時計は午後五時を指している。僕はティッシュペーパーを借りて鼻をかみ、

「帰ります」と佐喜子さんに言った。

うん、と佐喜子さんは声に出さずに頷いた。

「想！」

父さんが僕の肩をつかんで揺さぶる。

「どこに行ってたんだ！　心配したんだぞ！」

「違う……僕、佐喜子さんの部屋で」

僕がそう言うと、僕の後ろに立っていた佐喜子さんが父さんの前に出た。

「坊ちゃんがね、お部屋に入れなくて困っていたので、私の部屋で待っていただけですよ」

父さんが後ろを振り返る。海君を抱いた渚さんも父さんと同じくらい険しい顔をしていた。

「それは、すみません……ご迷惑をかけて申し訳ありませんでした」

父さんはそう言って僕の体を部屋に引きずり込む。父さんに佐喜子さんにもっとちゃ

んと御礼を言ってほしかったけれど、父さんはすぐにドアを閉めてしまった。佐喜子さんのことをあやしい人だと、変な人だと思ってほしくなかった。

「僕がずっと困っているのをみて助けてくれたんだ」

「ずっと困ってるって、おまえ、いつから……」

「……」僕は口を噤んだ。父さんが渚さんの顔を見る。

「違う。父さん、渚さんはなんにも悪くないんだ。海君が夜に泣いて、それで、渚さん、昼間は起きていられなくて……」

僕は廊下の一角を見つめて言った。父さんと渚さんが見つめ合っている。二人のただならぬ気配を察したのだろうか、海君が渚さんの腕のなかで体をのけぞらせて泣きわめく。部屋の中には海君の泣き声以外はなくて、どんどん空気が重くなっていくようだった。僕はそれを大きな扇風機の風で吹き飛ばしたかった。

塾に行く時間になって、僕は部屋を出た。父さんが、

「今日の弁当は父さんの店のもので勘弁してな」

と僕に紙の包みを渡してくれた。

塾に行く前、僕は一階のいちばん端に行き、佐喜子さんの部屋のチャイムを鳴らしてみた。けれど、反応はない。幾度も試してみたけれど同じだった。

その夜は海君の泣き声と共に、渚さんの引き摺るような泣き声がいつまでもしていた。

夜更けに渚さんがベッドで眠っている僕のところにやって来て、

「想君、本当にごめん、本当にごめんね……」

と、言ったような気もするけれど、それが夢なのか現実なのか、僕にはわからなかった。

その日から、父さんの店で作ったものが僕の塾での夕食になった。ドアガードがかかったまま、ということもなくなった。僕は部屋に帰るけれど、海君の顔をほんの一瞬見たあとは、塾に行くまで自分の部屋で過ごした。ある日、渚さんが僕の部屋に来て言った。

「想君、本当にごめん、本当にごめんね……」

今度はちゃんと現実だった。

「母さんは、なんにも、どこも悪くないよ」と僕が言うと、渚さんがわっと泣き出した。僕はどうしたらいいかわからなかった。渚さんのことを迷わずに母さんと呼べたのは、初めてだったかもしれない。

塾に行くときには、電車の中から母さんの暮らしている部屋を見た。やっぱり灯りはついていない。母さんと暮らす未来が来るかどうかはわからない。叶わない未来かもしれない。だけど、もしその未来が来なくても大丈夫なように、僕はもっともっと強くなりたかった。生きていればいいこともあるから。いつか佐喜子さんに言われたことが耳をかすめた。

　塾の授業を終えて帰ると、改札口で父さんが立っている。父さんは何も言わず二人並んで商店街を歩いていたが、急に、

「肩車してやるよ」と言い出した。

「いやだよ」と言ったけれど、父さんはきかない。

　同級生に見られたらいやだなあ、と思いながらも僕は父さんの肩にそっと乗った。商店街のすずらんの形をした灯りが僕の頭のすぐ上にあった。ひとつひとつの灯りはまるで空から落ちてきた月みたいだった。

　ずっと黙っていた父さんの声が僕の下からする。今日は父さんからお酒のにおいがしない。この頃はずっとそうだった。

「渚は、母さんは、初めての赤ちゃんを産んで、体と心が少し疲れているみたいなんだ。……だから、少しの間、母さんのおばあちゃんのところで過ごす」

「海君も？」

　僕は下を向いて尋ねた。

「海君も」

「少ししたら帰ってくるの？」

「少し休んだらすぐに帰ってくるよ……」

そう言ったまま父さんはまた黙った。僕も黙ったまま父さんの肩の上で揺れていた。

「離婚したことも、本当のお母さんと暮らせなくなったことも、渚のことも、なんにも気づいてやれなくてごめんな、想」

父さんが僕の両足をぎゅっと握る。その手は佐喜子さんの小指よりずっと熱かった。

「父さん……」

「ん」

「僕、渚さんも、ううん、母さんも、本当の母さんも、海君のことも大好きなんだ」

父さんの足が止まった。商店街のメインロードを過ぎて、線路を渡った小道に入った。人が急に少なくなる。

「あのおばあさん、佐喜子さんていうんだけど、佐喜子さんのことも好きだよ。僕を助けてくれたから」

言いながら、佐喜子さんのことを思った。あの日以来、佐喜子さんの姿は見ていない。もう、施設、と呼ばれるところに行ったのだろうか。

「父さんのことも好きだよ。僕のまわりには好きな人しかいないよ」

そう言うと、父さんの口からぐっ、と変な音がした。僕は慌てて下を向いた。父さんがぎゅっと目を閉じ、子どもみたいにぐいっと腕で目のあたりを拭いた。僕はまた、慌て言った。空を指さして。

「あ、あれだよ、父さん、あれがさ、きっとベガっていう星」

自信がなかったけれど僕は言った。

ベガはすぐに墨色の雲が流れてきて見えなくなった。だけど、佐喜子さんが体験したあの日の夜のように、炎で溶かされていないでよかったと思った。中条君はコロナと戦争は同じだと言ったけれど、少なくとも、今はこの町に焼夷弾が降ってくることはない。雲に隠れていたって、星と星とは見えない糸でしっかりと結ばれて、星座の形を保っている。僕の家族だって、きっと同じだ。

「夏休み、どこかで星が見られたらいいなあ」

コロナで無理なことかもしれないけれど、僕は言った。

「男同士でたまにはいいよな。……よし、どこに行けるのか考えてみよう」

そう言って父さんは早歩きで歩き出した。その震動がくすぐったくて僕は笑った。

父さんに肩車されながら、僕は夜空に手を伸ばした。

雲が途切れて、また、ベガが輝き出す。僕はそれを掌でつかむようにして、口に運び、ごくりとのみ込んだ。星はもう僕のなかにある。

そうしてまた、渚さんと、母さんと、海君と佐喜子さんのことを思った。渚さんが帰ってきたら大きな声で、

「母さん、お帰り」と言おう。僕は心のなかで秘かに誓った。

解説

カツセマサヒコ

私が初めて窪さんと話をしたのは、二〇二一年二月の初旬頃だった。

その日のことをよく覚えている。窪さんと私が会話をしたのは（今のところ）その一度きりで、しかも私たちは今日まで一度もお会いしたことがないからだ。

リモートでの対談だった。私は一作目の小説を刊行してからまだ半年ほどしか経っておらず、「先輩作家との対談」という仕事も、もしかするとこの時が初めてかもしれなかった。

窪さんは、自身初の新聞連載である『ははのれんあい』を単行本化したタイミングだった。画面越しにお会いする窪さんは、後輩である私に偉ぶる様子も見せずに、実に穏やかな口調と表情で、時に楽しそうに小説について語った。その一方、物語を描ききることへの執念と矜持のようなものは画面越しでもひしひしと感じられ、その姿勢に強く胸を打たれたことを、今でも鮮明に覚えている。

二〇二一年の日本は、新型コロナウイルスによる緊急事態宣言の真只中にあった。ライブハウスや劇場などの娯楽施設には入場制限がかけられ、飲食店は酒類の提供に関して自粛要請が出た時期もあった。花見会場に使われる公園は立ち入り禁止になり、海開きも花火大会もその多くは実施されなかった。街に人はいなかったが、労働だけは続けられていて、電車に乗れば働く人の姿だけはそこにあった。前年には、逼迫する医療機関を励ますために、ブルーインパルスが空を飛んだ。そのお金があれば救えたのではないかと疑いたくなるお店や人が、静かに姿を消し始めていた。すべてが歪だった。そんな状況にあって、私と窪さんの対談も、本来は対面を予定していたものが、急遽リモートに切り替わって行われた。そして窪さんは、その当時から本書に収録された短篇を書き進めていたことになる。

完成した『夜に星を放つ』は、コロナ禍の閉塞的かつ悲観的な空気を吸い込みながら、しかし確かな普遍性を持って生まれた作品となった。

収録されている五篇はすべて単行本より先に「オール讀物」に掲載されたものだ。掲載年を確認すると、「湿りの海」は二〇二〇年、「真夜中のアボカド」「星の随に」は二〇二一年であり、三篇とも、コロナ禍によって際立った孤独と寂しさを強く感じさせる。対照的に、二〇一九年より前に発表された「銀紙色のアンタレス」と「真珠星スピカ」には、喪失の中にも開放感や温かさ、コロナ禍以前の人との距離の近さが描かれていて、前述の三篇とは違った印象を与えている。

　これらの執筆時期の違いが一冊の中に重層的な魅力を付加していることは前提として、その一方で、五篇に共通して描かれているものもある。たとえば、別れだ。「湿りの海」では、主人公の愛する娘と妻がアメリカのアリゾナ州に旅立ってしまったことから物語が始まり、その影を重ねるようにして心の拠り所にしていた隣人の親子も突然いなくなってしまうことで、二度の別れが主人公の孤独をより一層強調させている。「星の随に」では、窮地を救ってくれたおばあさんとの別れや、実の母親と一緒に暮らすことができない悲しみからくる少年の孤独と成長が描かれて、「銀紙色のアンタレス」では、告白してくれた幼馴染みや好意を持った年上の女性との別れが読者を感傷に浸らせる。

「真夜中のアボカド」と「真珠星スピカ」では、登場人物の死にまつわる描写がある。なかでも「真夜中のアボカド」は、コロナ禍において、その数年前に大切な双子の妹・弓が亡くなったところから始まる物語だ。

　弓の死因については思うところがあった。

　これはあくまでも憶測に過ぎないが、窪さんは本作の登場人物の死因に、あえて新型コロナウイルスを選ばなかったのではないか。

　文学は時に、現実世界の苦しみを真っ直ぐに描くことで読者を救ったり、権力や時流に警鐘を鳴らす役割を果たしたりしてきた。実際、過去の窪美澄作品にも、現実の悲劇や事件に触れた作品がいくつかあり、それらは広く受け入れられている。

しかしその一方、モチーフの扱い方によっては、作品はとても無遠慮で、加害性を孕んでしまう可能性がある。二〇二一年における新型コロナウイルスは、まさにその最たる例と言えた。世界中で多くの人が、この時期に亡くなった。私の知人も、そのうちの一人だ。少なくとも窪さんが本作を執筆していた二〇二一年当時において、この悲惨な現状を大衆小説のモチーフにすることは、誰かの傷を広げ、悲しみを増やしてしまう可能性を持っていたことは間違いない。そして、窪さんは今作において、今はまだそうすべきではないと、判断したのではないか。

結果的に本作は、コロナ禍という特殊な時代性を背景にするものの、その絶望を過剰には描き切らない、切ない余白を残した作品となった。この余白こそが、物語に品位と余韻をもたらし、なにより読者の想像力を掻き立てることに一役買っている。登場人物は多くを語りすぎず、しかし読み手はその表情ひとつから、苦悩や怒りや疲労や悲しみを感じ取り、より深く物語の世界に没入することになる。

ずっと寂しい。簡単には希望が見えない。それなのに心地よい。濃い影から強く光を感じるような、不思議な読み心地がいつまでも続く。多くの窪美澄作品に共通するものが、今作でもう一段階、深みを増した印象がある。

もう一つ、全編を通したモチーフとして描かれるものに、星と星座がある。

最終話の「星の随に」では、〈火の上にはきっと星座が光っていたんでしょうけど（中略）炎の熱と熱さで星座もほどけてしまったんじゃないかしら〉と語られ、さらには〈雲に隠れていたって、星と星とは見えない糸でしっかりと結ばれて、星座の形を保っている〉と締め括られる。ここでいう「星」は登場人物たち自身であり、「星座」はその関係性を表す。単体できらりと輝く星もあれば、星座という星の位置関係を持ってはじめて認識されるものもある。「真夜中のアボカド」では亡くなった双子の妹と主人公を双子座に見立てて語られ、「銀紙色のアンタレス」では告白してきた幼馴染みと海で出会った年上の女性との関係がそれぞれ一等星のように瞬きながらも、星座のように意識しなければ途切れてしまいそうな距離感で描かれる。

家族も、友人も、恋人も、コロナ禍以降の世界では簡単に関係が途切れてしまう危うさがあることを、私たちは散々思い知らされた。窪さんはその絶望を星座というモチーフを用いて表現し、また同時に、人と人は物理的な距離とは無関係にゆるやかに繫がっていられることも、星に希望を込めるようにして描き上げた。

二〇二二年に刊行された本作で、窪さんは第一六七回直木三十五賞を受賞した。

私は一読者として、そして一後輩として、この受賞を大いに喜んだ。満を持してとはまさにこのことと、多くの人が語った。日頃から読書に慣れ親しんでいる人には、窪美澄という作家の実力は直木賞を獲る前からすでに十分に認知されていたように思う。窪さんは、初の著書である『ふがいない僕は空を見た』でいきなり山本周五郎賞を受賞し、同作で本屋大賞第二位にも選ばれるという、類を見ないスタートダッシュに成功した作家だ。その後も『晴天の迷いクジラ』で山田風太郎賞を、『トリニティ』では織田作之助賞を受賞しており、さらには『やめるときも、すこやかなるときも』や『じっと手を見る』などの力作を精力的に発表してきた。デビューから十五年。ずっと読者を魅了し続けている書き手である。

そして、本作に辿り着いた。

登場人物たちは、ある時は目の前の絶望から目を背けるように、またある時は愛しかった過去を思い出すように、星空を見上げる。

星や空。それは、『ふがいない僕は空を見た』の頃から幾度となく描かれてきた、窪美澄作品における重要なモチーフである。初の著書のタイトルがそのまま伏線のように、または夜空に浮かぶ星座のように、今作『夜に星を放つ』まで繋がって今に至ることは、偶然よりも運命により近く感じるのは私だけだろうか。

季節によって視認できる星座が変わるこの世界では、冬が訪れるたび思い出す過去も、夏が来るたび浮かび上がる景色もある。本書を手に取ったあなたが、次にまたこの物語を読むとき、夜に放たれた星たちは、どのように映っているだろうか。

（小説家）

参考文献

『天空の地図　人類は頭上の世界をどう描いてきたのか』アン・ルーニー（日経ナショナルジオグラフィック社）
『星と神話　物語で親しむ星の世界』監修・井辻朱美、写真・藤井旭（講談社）

初出　「オール讀物」
「真夜中のアボカド」二〇二一年二月号
「銀紙色のアンタレス」二〇一五年八月号
「真珠星スピカ」二〇一九年八月号
「湿りの海」二〇二〇年八月号
「星の随に」二〇二一年八月号

単行本　二〇二二年五月　文藝春秋刊

文春文庫

夜《よる》に星《ほし》を放《はな》つ

定価はカバーに
表示してあります

2025年2月10日　第1刷

著　者　窪《くぼ》　美《み》　澄《すみ》

発行者　大沼貴之
発行所　株式会社 文藝春秋

東京都千代田区紀尾井町 3-23　〒102-8008
TEL 03・3265・1211㈹
文藝春秋ホームページ　https://www.bunshun.co.jp

落丁、乱丁本は、お手数ですが小社製作部宛お送り下さい。送料小社負担でお取替致します。

印刷・TOPPANクロレ　製本・加藤製本　Printed in Japan
ISBN978-4-16-792328-0